화첩기행³

화첩기행 ³

김병종 지음

타향의 예술가들에게 보내는 편지

문학동네

『화첩기행』 다섯 권을 새로 묶으며

대체로 한 달이면 보름쯤은 그림을 그리고 열흘쯤은 책을 읽거나 글을 쓰게 되는 것 같다. 그렇게 화실과 서재를 왕래하며 푹 빠져 살다보면 이 두 가지 일은 둘이 아닌 하나로 섞이고 만나게 된다. 문장은 수채화처럼 빛깔을 띠고 그림은 문기 비슷한 것을 발하는 것을 느끼곤 한다. 예컨대 서로 데면데면 마주보는 것이 아니라 뒤섞이고 풀리며 제3의 그 어떤 모양과 빛깔을 갖게 되는 것이다. 『화첩기행』은 이렇게 해서 나온 책이다. 출발은 우연찮게 시작되었다. 조선일보 김태익 기자가 미술과 인문학 비슷한 것을 섞어 색다른 기획을 하고 싶은데 뭘 좀 만들어 와보지 않겠느냐고 했고, 꾸물대다 한두 해가 간 다음에야 다시 채근을 받고 '예藝'의 이야기를 그림에 버무려 내놓았었는데 재밌다며 한두 달 해보자는 것이 4년 가까이나 연재를 하게 된 것이다.

나름 책으로 묶으니 다섯 권 분량이 되었고 이것을 라틴아메리카 편과 합해 네 권 분량으로 압축했다가 다시 이번에 북아프리카 편을 합쳐 다섯 권의 전집 형태로 내놓게 되었다. 첫 연재로부터 치자면 16년, 구

상까지 합하면 거의 20년 가까이가 된다. 당시 신문은 뉴스 전달 기능만으로는 한계를 느낀 것 같았고 이미 르피가로 같은 신문이 그러했듯이 문화, 생활, 과학, 예술 등을 뉴스와 함께 망라한 매거진 경향을 띠기 시작했는데 『화첩기행』은 그러한 흐름과 잘 맞았던 것 같았다.

어찌됐거나 오랜 세월 그림 그리고 글을 써와서 그림이 밥이요 글이 반찬처럼 되었던 나로선 큰 기대 없이 써내려간 글쓰기가 신문지면을 타고 널리 알려지게 되면서 그야말로 뇌성과 벼락같은 반응 앞에 서게 된 것이었다.

가장 어리둥절한 것은 나였다. 예컨대 특수한 문화예술 이야기가 그토록 열띤 반응을 불러일으키리라고는 예상치 못했던 까닭이다. 연재하는 동안 6개월 단위로 스크랩을 해서 보내주는 독자가 있었는가 하면 온갖 영양제나 보약 같은 것이 답지遝至하기도 했다. 컴퓨터가 아닌 원고지에 글을 쓰는 것을 아는 어느 독자는 400자 원고지를 특수 주문해 몇 박스나 보내주기도 했다. 참으로 눈물겨운 사연들도 많았는데 몇 편씩을 골라 답장을 쓰다보면 창밖에서는 어느새 희부윰하게 동이 트기 일쑤였다.

반대의 경우도 있었다. 허균과 매창의 사연을 적다가 괄호 안에 생몰연대를 썼는데 그만 7을 1로 잘못 쓰는 바람에 두 사람의 나이차가 60년 이상 벌어지게 되었고 하루종일 항의전화가 서른 통쯤 이어졌던 것 같다. 어쨌거나 컴퓨터도 그리 많지 않고 스마트폰 같은 것은 아예 없던 시절이어서 책과 관련해 아날로그적이고 훈훈한 이야기들이 많았던 듯하다.

해외 편에 특별히 남미와 북아프리카를 골라 넣었던 것은 두 곳 다 원초적 색채 에너지 같은 것이 들끓고 있었기 때문이다. 온갖 결여와 갈망 그리고 분노마저도 색채의 용광로에 넣고 끓여내듯 하던 지역들이였다. 무엇보다 두 지역 다 '예'의 자원들이 널려 있었으며 수많은 예술가들을 낳은 곳이기도 하다. 이 점에서 한반도와 흡사하다. 열강이 각축을 벌였던 역사적 수난의 과정까지도. 남미는 특히 내가 좋아하는 시인 파블로 네루다, 작가 보르헤스, 작곡가 피아졸라와 화가 디에고 리베라와 프리다 칼로의 땅이었고, 북아프리카는 알베르 카뮈와 파울 클레, 앙드레 지드와 자크 마조렐, 생텍쥐페리의 영혼이 어려 있는 곳이었다. 그 붉은 황혼과 광야의 척박한 땅에서 어떻게 '예'의 꽃이 피고 자라 찬란한 빛을 발하는지 보는 일이야말로 내 붓을 잡아끄는 힘이었다.

살다가 대체로 배터리가 방전돼간다고 느껴질 때마다 나는 가방을 꾸리곤 했다. 여행에서 돌아오면 그때마다 충전이 되었던가. 그건 잘 모르겠지만 『화첩기행』을 위해 낯선 시공간 속으로 걸어들어가 기록하는 순간의 설렘과 흥분은 나를 새롭게 일어서게 했다.

돌아보니 내 40대와 50대를 이 책과 따로 떼어 생각하기 어려울 정도가 되었다. 우연히 시작된 듯한 이 일은 그러나 필연 비슷한 게 얽혀 있는 것 또한 사실이다. 문학이라는 가지 못한 또하나의 길에 대한 그리움과 회오悔悟 같은 것이 일종의 해원解冤처럼 제3의 형태로 발화했던 것이 아닌가 싶다. 어쨌거나 단어 하나 문장 한 줄을 놓고 밤이 이슥하도록 고치고 또 고치던 시간들은 나를 다시 문학청년 시절로 되돌려놓았고 그 황홀한 기억이야말로 이 일을 계속하게 한 동력이 아니었을까 싶다.

책이 다시 나오기까지 수고한 이들이 한둘이 아니다. 그 이름을 거명하는 대신 내 마음을 드린다.

2014년 1월
관악의 연구실에서
김병종

차 례

전혜린과 뮌헨

뮌헨, 전혜린이 자주 찾은 카페로 향하며 생각한다. 단 한 권의 소설이나 시집을 낸 적도 없이 그녀는 어떻게 그처럼 오랫동안 사람들을 사로잡아온 것일까. 그것은 그녀가 자신의 삶을 오브제로 삼아, 이를 둘러싼 딱딱한 관습과 도덕을 향해 망치와 끝을 겨누었던 삶의 조각가였기 때문이 아니었을까. 얼음과 불의 여자, 살아서 이미 전설이 된 여자. 문학가이기 이전에 삶의 예술가였던 전혜린. 그녀가 앉았던 자리를 바라보며 얼음처럼 차갑고 또 불처럼 뜨겁게 살다 간 청춘을 그리워한다.

우수와 광기로 지핀
생의 불꽃

　예술가 중에는 한 시대 위에 선명하게 새겨지는 인물이 있다. 만인의 연인이 되어버리는 인물이 있다. 전혜린도 그런 인물의 하나다. 그러나 그녀는 특정 장르의 예술에 의해 새겨진 것은 아니다. 그보다는 생애와 그 자취에 의해 새겨진 인물이다. 그것도 짧은, 지나치게 짧은 생애로.

　전혜린은 아직 그곳에 살아 있었다. 뮌헨에. 육체는 오래전 소멸하였지만 영혼만은 아직도 그곳에 살아 있었다. 저물녘 뮌헨 영국공원 호숫가를 산책하며 나는 그것을 느꼈다. 그녀가 앉았던 호숫가 벤치에 앉아 석양의 나무들을 바라볼 때 불현듯 섬세하면서도 강렬한 어떤 파장이 나를 휩싸는 것을 느낄 수 있었다. 간밤의 비에 젖은 누런 잎들이 날아다니는 슈바빙 거리를 걸을 때도 그 거리마다 고여 있던 그녀의 정신과 열정 그리고 외로움과 우울함이 현실처럼 다가왔다. 그렇다! 저 60년대의 '전혜린 현상'은 적어도 뮌헨에서는 아직도 현실이다. 지금 현실일 뿐 아니라 앞으로도 그것은 결코 '과거'가 될 수 없을 것이다. 자기 앞의 생을 오브제로 하여 그 생을 둘러싼 딱딱한 관습과 도덕을 향해 망치와 끌을 겨누려는 '삶의 조각가'들에게 그녀는 결코 과거가 될 수 없는 존재다. 아직도 조선조적 봉건의 잔영이 드리워진 한국사회에서 젊은 여성의 몸으로 그녀가 보여준 파격과 도전의 삶은 통쾌한 것이었다. 그 불멸의 에너지는 나른하고 음산하고 감동 없는 습관의 삶에 불을 지핀다. 그 활활 타오르는 불길마다 전혜린은 살아 있다. 숱하게 떠도는 이야기들에도 전혜린에 대해 아직도 남아 있는 그 무엇이 있느냐고 되묻지 말아야 할 까닭이 여기에 있다.

최대의 가을 축제인 옥토버페스트도 오래전 끝나버린 뮌헨은 쓸쓸하다. 텅 빈 하늘 텅 빈 거리에 키 큰 독일 포플러들만 서 있는 슈바빙 거리 또한 마찬가지. 낮게 가라앉은 독일풍의 음울한 날씨의 적막함과 함께 기묘하게도 철학적인 분위기가 드리워 있는 거리에는 이슬 같은 비가 내리고 있다. 두꺼운 커튼을 내리고 스탠드의 불을 켜 가져간 책을 읽는다. 혼자 마시는 커피는 독약처럼 쓰다. 스무 살 무렵 내 정신을 지탱해준 몇 권의 책들 속에 남아 있던 전혜린의 일기며 에세이들을 다시 꺼내 읽는다.

그녀는 왜 뮌헨까지 오게 됐을까. 왜 베를린이 아니고 하필이면 뮌헨이었을까.

그녀가 머물던 이곳 독일 땅에 와서 읽는 글들은 스무 살에 대했을 때처럼 몽환적인 것만은 아니었다. 그러나 문장 사이마다 뿜어져나오는 그 에스프리의 강렬함만은 여전했다. 글이 사람을 빨아들이는 마력을 그녀의 문장은 유감없이 발휘한다. 오랜 세월이 흘러 이제는 책갈피 속의 낙엽처럼 바스러질 법도 한데 그녀의 글은 여전히 서늘한 기운과 고독, 도발과 광기로 불온하다. 화가의 낡은 스케치북을 들추듯 나는 그녀의 뮌헨 소묘집을 넘긴다. 책장을 넘길 때마다 내 젊은 날의 하루

전혜린과 슈바빙
전혜린 신화를 낳은 뮌헨의 슈바빙. 슈바빙의 예술과 자유정신은 그녀를 매료시켰다.

도 그렇게 넘겨졌다.

언제나 하늘을 뒤덮고 있는 짙은 회색 구름과 공기를 무겁게 적시고 있는 (뮌헨의) 두꺼운 안개, 안개비…… 저녁때의 안개 속에 가물가물 어렴풋이 보이는 가스등의 아름다움…… 자전거를 탄 할아버지가 긴 막대기로 유유히 한 등 한 등 켜가는 박모薄暮의 광경.

—「몽환적 시월」에서

내가 4년 살았던 뮌헨 문화의 심장부 슈바빙…… 릴케, 토마스 만, 게오르게…… 기타 수많은 표현주의 시인들이 주거했던 곳…… 끊임없는 탐구와 실험과 발표가 전통이나 인습에 반기를 들고 행해지고 있는 곳, 슈바빙.

—「나의 전설 슈바빙」에서

자유로운 이국정서에 기대어 전후 황폐한 조국의 현실을 잊고 싶었던 것일까. 한 인간을 사랑하듯 그녀는 슈바빙 거리를 사랑했고 간절히 원했으며 그 속에 빠져들어갔던 것 같다. 슈바빙이라는 이름이 거듭 나올 때마다 그것은 묘하게도 인칭대명사 같은 울림을 준다.

일생에 한 번, 한 편이라도 좋은 작품을 쓰고 싶다. 그것을 위해서 살아간다. (…) 암흑의 장막이 하늘을 덮고 비가 그칠 새 없이 창문을 두들긴다. 벽난로의 불은 꺼지고 말았다. 독서로 피곤해진 눈을 쉬게 하려고 책상 앞에 하염없이 앉았노라니 가슴에 와닿는 것은 절절한 고독감뿐.

—일기(1958. 10. 21.)에서

뮌헨 대학에서
전혜린이 유학 와서 독문학을 전공했던 유서 깊은 뮌헨 대학. 학생들이 타고 온 수많은 자전거들이 인상적이었다.

어떤 날 나는 (영국공원 호수의) 백조가 마지막으로 떠 있는 것을 저녁 늦도록 지켜본 일이 있다. (…) 몹시 외로워 보였다. 나 자신의 심경 그대로였는지도 모른다. (…) 벤치에 앉아서 검은 나뭇가지 사이로 하늘을 바라보았다. 왜 이렇게 변함없는 회색일까.

— 「회색 포도와 레몬빛 가스등」에서

여름의 모든 색채와 열기가 가고 난 뒤의 냉기와 검은빛과 조락…… '존재에 앓고 있다'고 생각하고 싶을 만치 절실하고 긴박하게 생과 사만을 집요하게 생각하는 불면불식의 나날……

— 「가을이면 앓는 병」에서

어젯밤 나는 죽음을 보았다. 밑바닥을 알 수 없는 가없는 암흑의 심연 한가운데에 유배된 것 같은 심정……

— 일기(1958. 12. 12.)에서

뮌헨에서 그녀의 삶은 적당히 쓸쓸하고 외롭고 그러면서도 지적인 경험들로 설레는 시간이었던 것 같다. 그 위에 우수와 광기가 빗금처럼 지나가기도 했을 것이다. 그랬을 것이다. 뮌헨은 어쩐지 푸근한 이미지로 다가오지 않는다. 독일다운 너무나 독일다운 도시여서 이방인에게 선뜻 마음의 문을 열 것 같지 않은 도시이다. 그럼에도 불구하고 뮌헨의 시간은 어쩌면 그녀의 생애에서 가장 벅차고 충만한 시간이었을 것이다. 검은 구름 속에서 섬광처럼 번쩍(!) 햇빛이 비치는 것처럼 황홀에 싸이기도 했던 것 같다. 뮌헨. 솟을대문의 빗장을 걸어 잠근 듯한 느낌이 드는 도시. 보수와 혁신, 전통과 현대가 적당히 뒤섞여 있되 서로

서로 방해하지 않는 도시. 이 도시의 공기에 전혜린은 흠뻑 젖어들었을 것이다. 소리 없는 비에 외투가 젖듯 그렇게. 그러나 문제는 서울로 돌아오고 나서였다.

뮌헨에서 돌아와 그녀는 대학 강단에 선다. 적어도 겉으로는 죽음의 징후 같은 것은 없었다. 죽음은커녕 성공적인 출발이었다. 그러나 생의 끝은 지나치게 서둘러 그녀를 찾아왔다. 불과 서른한 살 때였다. 그 당시에 쓴 거의 모든 글은 눈앞으로 다가온 죽음에 대한 예언과 절규 같은 것이었다. 그러나 죽음의 문턱에서 그녀는 또다른 사랑의 갈망을 드러내기도 했다.

1965년 1월 6일 새벽 네시.
(…) 나는 왜 이렇게 너를 좋아할까? 비길 수 없이, 무엇과도 바꿀 수 없이 너를 좋아해. 너를 단념하는 것보다는 죽음을 택하겠어. 너의 사랑스러운 눈, 귀여운 미소를 몇 시간만 못 보아도 아편 흡입자들이 느낀다는 금단현상이 일어나는 것 같다. (…)
장 아제베도! 내가 '원소로 환원'하지 않도록 도와줘! 정말 너의 도움이 필요해. 나도 생명 있는 뜨거운 몸이고 싶어. 가능하면 생명을 지속하고 싶어. 그런데 가끔가끔 그 줄이 끊어지려고 하는 때가 있어. 그럴 때는 나는 미치고 말아. 내 속에 있는 이 악마를 나도 싫어하고 두려워하고 있어.
악마를 쫓아줄 사람은 너야. 나를 살게 해줘.

나는 추리소설을 읽듯 일기와 서간문을 통해 뮌헨과 서울의 공간을 넘나들며 그녀 심리의 저변으로 다가갔다. 그러면서 그녀가 한순간도 손에서 자기의 생을 쪼는 정을 놓지 않은 생의 예술가임을 다시 확인했다.

그녀의 사후 발간된 유고집 『그리고 아무 말도 하지 않았다』(1966)에 실린 지상에서의 마지막 편지에 등장하는 장 아제베도는 누구일까. 그녀의 친구 이덕희의 글에 의하면 장 아제베도라는 인물은 전혜린이 스스로 붙인 이름이 아니라 그녀의 유고집을 편집한 사람이 붙인 이름이라는 설명이 나온다. 보내지 않은 또하나의 마지막 편지에는 그녀가 번역한 『태양병』이라는 글 속에서 H. 노바크가 쓴 "나는 한계 위에 서 있다. 아, 마라"라는 절규의 대목이 나온다. 어쩌면 그것은 전혜린 자신이 한계상황 속에서 부르짖은 외침이 아니었을까.

　　1965년 1월 6일 정오경.
　　태양병균—비정상적인 강한 열 속에서만 생존하는
　　나는 토오라는 표범과 사는 말레이 여자 마라와 만났다.
　　(…)
　　나는 한계 위에 서 있다. 아, 마라.
　　진한 향내 나는 H. 노바크의 이 열 같은 표현 속에 나는 서늘함을 느끼고 있다.
　　또 쓰마.

　아, 마라…… 제 이름을 부르며 죽어간다는 전설의 새처럼 이 편지를 끝으로 전혜린도 자신의 이름을 부르며 생애를 마감한 것일까.
　침대에 기대어 그녀의 에세이와 서간집을 다 읽고 나니 어느새 희부연 새벽이다. 수면제 두 알을 먹고 나니 약병에는 한 번에 한 알 이상은 먹지 말라고 영문으로 쓰여 있다. 흐릿한 잠에서 깨어나니 벌써 오전이다. 이러한 시간의 무중력상태 또한 지극히 독일적이고 전혜린적이라

유년의 추억
전혜린도 집 떠난 소녀처럼 평생 유년의 추억 앨범을 많이 가진 여인이었다.

고 생각했다. 그녀의 글에 열중하고 있는 동안 그런 기묘한 무중력상태에 몸이 둥둥 떠다니는 것을 느끼게 되는 것이다.

호텔을 나와 전혜린이 자주 갔다는 카페 제에로제를 찾아가며 생각해본다. 단 한 권의 소설이나 시집도 낸 적 없이, 몇 권의 번역서와 산문집이 있을 뿐인 그녀는 왜 그토록 오랫동안 사람들을 강력하게 사로잡아왔을까. 그것은 어쩌면 문학적 성과보다는 그녀가 평범함과 비속함을 거부하고 끊임없이 도전하는 삶을 보여주었기 때문일 것이다. 명문대 법학도로서 1950년대에 머나먼 뮌헨까지 홀로 유학을 떠났을 만큼 그녀는 꿈과 자유를 삶으로 실천했다. 여성에게 주어진 인습의 굴레나 통념을 인정하지 않고 오직 실존적 자아의 요구에만 부응하려 한 것이다. 그리하여 죽음으로 내몰리기 전까지 그녀는 벅찬 생의 실험을 계속해갔던 것이다. 그 점에서 그녀는 문학가이기 전에 생의 예술가였다.

걷는 중에 저만치 주택가 코너에 있는 카페 제에로제가 보인다. 영국공원 산책 후 전혜린이 드나들었다는 바로 그 카페다.

그 카페를 바라보며 문득 생각해본다. 보이지 않는 커다란 운명의 손 같은 것이 있어서 머나먼 한반도로부터 그녀를 이곳까지 불러냈던 것이라고. 영국공원에서 느꼈던 섬세하면서도 강렬한 그 어떤 파장은 카페 제에로제 앞에서 다시 나를 휩쌌다.

노을이 새빨갛게 타는 내 방 유리창에 얼굴을 대고 운 일이 있다. 너무나 광경이 아름다워서였다. 부산에서 고등학교 3학년 때였던 것 같다. 아니면 대학교 1학년 때. 아무 이유도 없었다. 내가 살고 있다는 사실에 갑자기 울었고 그것은 아늑하고 따스한 기분이었다.

또 밤을 새우고 공부하고 난 다음날 새벽에 닭이 일제히 울 때 느꼈던 생생한 환희와 야생적인 즐거움도 잊을 수 없다. 머리가 증발하고 혀에 이끼가 돋아나고 손이 얼음같이 되는, 눈이 빛나는 환희의 순간이었다.

완벽하게 인식에 바쳐진 순간이었다. 이런 완전한 순간이 지금의 나에게는 없다. 그것을 다시 소유하고 싶다. 완전한 환희나 절망, 무엇이든지 잡물이 섞이지 않은 순수한 것에 의해서 뒤흔들려보고 싶다. 뼛속까지, 그런 순간에 대해서 갈증을 느끼고 있다.

—「목마른 계절」에서

파리에 왔던 화가 나혜석도 그러했지만 독일에 와서 전혜린이 부딪혔던 문제는 당시의 한국사회, 특히 여성에 대한 한국사회의 닫힌 사고에 대한 문제였다. 여성에 대한 실존적 자유의 문제였다. 프랑스와 한국 혹은 독일과 한국 사이의 '지리적 거리' 이상의 까마득한 '의식'의 거리였다. 학문이든 예술이든 자기 세계를 단단히 붙들고 싶어하는 여성일수록 이 '아득한 거리'가 주는 절망과 갈등은 컸을 것이다.

특히 카페 문화 속에서 그런 갈등은 선명했을 것이다. 남성과 대등하게 담배를 피우고 차를 마시며 대화하는 이곳 여자들의 모습을 보면서 자신이 떠나온 보수적인 한국사회를 절망적으로 떠올리게 되지 않았을까 상상해본다. 유럽의 카페 문화는 일견 소모적으로 보이기도 하지만 그 속에서 예술과 철학과 문학이 태어나는 경우가 많았고 특히 지적인 '언더그라운드 문화'의 형성에 이바지한 바가 많았다. 예술 하는 사람들에게 일종의 만남과 소통의 장이 되었던 것이다.

카페 제에로제는 파일리치슈 거리 32번지 길모퉁이의 레스토랑을 겸한 평범한 곳이었다. 평범하다 못해 초라할 정도였다. 어두운 실내에는

뮌헨의 호프집
슈바빙의 한 호프집. 낮 동안의 합리와 절제의 모습과는 달리 밤의 호프집은 왁자한 대화와
낭만으로 넘친다.

별다른 장식 같은 것도 보이지 않는다. 분위기로만 보자면 서울에서 내가 드나들던 '장미의 숲'이나 '라쿠치나'보다도 훨씬 못 미쳤다. 어둡고 건조하고 무겁고 무료한 느낌. 다만, 사람을 편안하게 해준다는 점은 있었다. 어두운 한쪽 구석에서 빛을 쏘는 것이 있어 보니 페르시안 고양이였다. 녀석은 낯선 방문객을 지나치게 탐색하고 있었다. 전혜린은 자궁처럼 어둡고 깊숙한 이 카페를 무척 사랑했던 것 같다. 그런 점에서 제에로제는 하나의 과거형 문화가 되어버렸다 할 만하다. 어딘지 시골스럽기까지 한 이 카페가 아직 남아 있어서 더욱 그렇다.

나는 전공이 전공인지라 파리에 자주 가는데, 그곳에 가면 으레 생제르맹데프레에 있는 유서 깊은 카페 '되마고'에 들르게 된다. 사르트르, 카뮈, 아라공 같은 20세기 프랑스 예술의 별들이 자주 왔대서 유명해진 곳이다. 탁자마다 여기는 아무개가 왔던 자리라는 표시가 붙어 있다. 몸으로 만난 적 없건만 그들 예술가와 영혼의 미세한 교감이 이루어지는 것을 느끼는 때도 있다. 제에로제에 와서도 나는 묘소라도 찾아온 듯 전혜린과 만나는 느낌이 들었다. 좀전의 그 섬세하면서도 강렬한 파장이야말로 그런 혼의 만남이 아니고 무엇이었을까.

주인인 스페인 남자는 휴가중이고 속눈썹이 긴 종업원 청년만이 빈 카페를 지키고 있다. 전혜린을 아느냐고 물었더니 가끔 한국인들이 찾아와 똑같은 질문을 한다면서 수줍게 고개를 젓는다. 이제부터 저 창가 어디쯤 한국의 문인 전혜린이 앉았던 자리라는 표시를 붙이라고 하자 정말 그래야겠단다. 이 카페를 찾아 비행기로 수만 리 밖에서 날아왔다고 하자 놀란다. 서울에는 그녀가 다닌 이런 카페가 남아 있지 않느냐고 묻는다. 없다, 서울에는. 바로 엊그제 죽은 예술가의 흔적도 찾기 어렵다. '가고 남은 예술가의 뒷자리는 한결같이 쓸쓸할 뿐이다'라고 나는 속으로만 말했다.

하긴 그 서울도 요새 문화의 세기가 왔다고 법석이긴 하다. 그간 무슨 관제행사 때처럼 날짜까지 세고 있었으니까. 지난날 들풀처럼 만발했던 허다한 이 땅의 예술가들을 천시하고 천시하다 못해 발길질해 내쫓기까지 해놓고 문화의 세기가 왔단다. 오든 가든 자빠지든 나야 관심이 없지만.

카페 제에로제가 있는 이 부근이 내게 처음은 아니었다. 1989년 가을에 영자 김이라는 뮌헨의 한국인 화가와 함께 왔었지만 그때는 문이 잠겨 있었다. 간호사로 혼자 독일에 왔다가 화가가 된 그녀는 외롭고 힘들 때마다 뮌헨의 '전혜린 코스'를 찾아다녔다고 했다. 영국공원으로, 슈바빙 거리로 그리고 이 카페 제에로제 뒷길로. 1950년대 중반, 아무도 초청하거나 마중나오지 않았던 이 뮌헨까지 와서 지독한 외로움 속에서도 예술가적 오만과 긍지를 잃지 않고 불꽃처럼 살았던 그녀를 생각하면 불끈 힘이 솟곤 했다 한다.

그러나 전혜린은 사실 어느 특정한 장르의 예술가는 아니었다. 속한 장르로 본다면 애매했다. 명석한 두뇌와 견고한 논리의 소유자라는 점에서는 학자적 소양을 타고난 사람이기도 했다. 물론 그 번뜩이는 감성과 광기는 천생 예술가였지만.

'얼음과 불'의 여자 전혜린의 기운이 가장 잘 맞아떨어진 곳이 바로 슈바빙 거리다. 일몰과 함께 살아나는 이 거리는 대로보다 뒷길이 더 인상적이다. 잎이 진 키 큰 미루나무 사이마다 아직도 노란 가스등이 켜진다. 그 미루나무 사이로 롱코트를 입고 두꺼운 책을 낀 남자들이 지나가고 노천카페에 앉아 담배를 피우는 여인들도 보인다.

재미있는 것은 이 슈바빙에 알트舊와 노이에新의 거리가 따로 있다는 사실이다. 알트의 거리에서는 주로 40~50대 장년층이 결혼과 상관없이 만나 연애하고 담소한다고 한다. 로맨스야말로 삶의 최고 활력소라고 생각하기 때문에 장년일수록 멋진 연애를 꿈꾸며 이 거리로 나온다는 것이다. 머리부터 발끝까지 '합리'를 추구하는 이 보수적인 남부 독일인들이 '연애'를 삶에서 가장 중요한 요소의 하나로 생각한다는 것은 의외다.

전혜린은 물론 젊은층, 특히 시인, 음악가, 연극인, 미술인 들이 많이 모여드는 슈바빙 뒷길에 자주 왔을 것이다. 그리고 분출하는 젊음의 거리에서 전후戰後의 유교국가에서 온 그녀는 눈을 휘둥그렇게 뜨고 모든 기성적 권위, 기성적 질서, 기성적 윤리가 속절없이 무너져내리는 것을 바라보았을 것이다.

슈바빙에서 돌아와 그녀의 모교인 서울법대 강사를 거쳐 양현재의 경전 읽는 소리 낭랑한 성균관대 교수로 부임한다. 오랜 지적 방랑으로부터 모처럼 안정을 얻은 셈이었다. 그러나 대부분 예술가에게 안정이 오는 순간 감성의 불꽃은 꺼져가는 법이다. 그녀는 어쩌면 자신의 내부에서 사그라지는 감성의 불꽃을 고통스럽게 응시했을지도 모른다.

뮌헨이 환각이었다면 서울은 현실이었다. 뮌헨의 자유와 낭만과 열정은 서울의 찬바람 속에서 더이상 불꽃으로 타오를 수 없었다. '재건'과 '경제개발 5개년 계획'의 개발도상국가에 돌아온 그녀의 자리는 을씨년스러웠다. 그렇다고 다시 독일행 비행기를 탈 수도 없었을 것이다. 그곳은 언젠가는 떠나야 할 이방이었을 뿐이니까.

나는 뮌헨에서 돌아온 후 다시 서울에서 그녀의 자취와 흔적을 좇아보았다. 그러나 거의 완벽에 가깝게 그녀의 흔적은 잡히지 않았다. 그러고 보면 전혜린에 대한 느낌은 뮌헨에서 훨씬 더 구체적이었다. 그

점에서 서울은 모든 추억이나 기억을 사라지게 하는 거대한 진공의 도시였다. 상념 따위가 끼어들 여지가 없다. '현재진행형'의 삶만이 오직 전투와 같이 바쁘고 소란스럽게 돌아갈 뿐이었다.

어느 날 혼자 대학로의 한 찻집에 앉아 창밖을 본다. 커다란 유리창 밖으로 하나의 세계가 오고간다. '센'이라고 불렸던 개천 위로 우수수 마로니에 낙엽이 구르는 흑백사진 하나가 떠오른다. 그 사진 속 길 저편의 옛 서울법대 쪽에서 머플러를 하고 옆구리에 책을 낀 여자 하나가 환영으로 떠오른다. 나는 그 환영의 여자를 좇는다. 그녀는 어느 방으로 들어가 천천히 방 안의 사물들을 둘러본다. 그리고 말한다. 그러면 안녕, 이제껏 내 정신의 창을 밝혀주던 램프여, 딱딱한 책상이여, 불면의 밤마다 몸이 눕기를 기다리던 침상이여, 오랫동안 인식의 무게를 견뎌준 책들이여…… 그녀는 천천히 탁자 위의 흰 장미를 빼어든다. 꽃잎은 창백했고 향기는 없었다. 그녀는 창을 열어 장미를 어둠 속으로 던진다. 그와 함께 그 창으로부터 검은 하늘을 휙 가로지르며 영혼의 새 한 마리가 날아가는 것을 나는 보았다. 그 뒤는 긴 침묵이다.

1965년 1월 10일 전혜린은 지상에서의 서른한 해를 접고 '아무도 가고 싶지 않은' 긴 여행을 떠났다.

"그리고 아무 말도 하지 않았다."

전혜린의 생애　수필가이자 번역문학가 전혜린(田惠麟, 1934~1965)은 평안남도 순천에서 태어났다. 법률가인 아버지 전봉덕의 1남 7녀 중 맏딸로 태어나 경기여중과 경기여고를 졸업하고 1955년 서울대학교 법과대학 3학년 재학 중 전공을 독문학으로 바꾸어 독일로 유학, 뮌헨 대학 독문학과에서 수학했다. 당시 한국 여성으로서는 최초로 유학을 떠난 것이기도 했다. 유학중이던 1956년 법학도인 김철수와 결혼했다. 1959년 귀국하여 서울대 법대와 이화여대 등의 강사를 거쳐 성균관대학교 교수를 역임했다. 국제 펜클럽 한국본부 번역분과 위원으로도 활동했으며 번역 작업과 문필 활동을 병행하며 왕성하게 활동하던 1965년 32세의 나이로 자살했다.

　독일 유학 때부터 시작된 그녀의 번역문학은 정확한 문장과 유려한 문체로 많은 독자에게 사랑을 받았다. 특히 뮌헨에서 만난 선배 문인 이미륵의 『압록강은 흐른다』를 비롯하여 루이제 린저의 『생의 한가운데』, 헤르만 헤세의 『데미안』 등이 높은 평가를 받았다. 하인리히 뵐의 동명 소설을 제목으로 한 『그리고 아무 말도 하지 않았다』와 에세이집 『미래완료의 시간 속에』, 사후에 일기와 서간문 등을 묶은 유고집 『이 모든 괴로움을 또다시』 등이 남아 있다. 이 두 권의 책은 당시 독자들에게도 큰 반향을 불러일으켰으며 지금까지도 그녀의 생애와 문학이 끊임없는 관심의 대상이 되는 한편, 한국 수필문학사에서 중요한 위치를 차지하고 있다.

전혜린이 뮌헨에 관해 남긴 글들   뮌헨의 슈바빙은 전혜린의 정신적 고향이었다. 그녀는 「뮌헨의 몽마르트르」에서 뮌헨의 슈바빙을 파리의 몽마르트르에 비견할 수 있는 뮌헨의 중심지로 꼽고 있다. 그러면서 "슈바빙을 유명하게 만들고 독일의 다른 도시 또는 도대체 독일적인 것과 구별하고 있는 것은 그 오랜 역사 때문이 아니라 특유한 분위기 때문이다. 그것은 무엇이라고 정의 내릴 수 없는 독특한 맛— '슈바빙적'이라는 말 속에 총괄되는 자유, 청춘, 모험, 천재, 예술, 사랑, 기지…… 등이 합친 맛으로서 옛날의 몽마르트르와 비슷하기는 하지만 전혀 다른 자기의 맛을 가진 정신적 풍토라고 말할 수 있을 것 같다. 1차대전 후의 몽마르트르나 2차대전 후의 생제르맹데프레에 일말의 우수(독일의 로만티스무스의 안개)와 게르만의 무거운 악센트를 붙인 곳이라고나 할까?"라고 쓰고 있다.

또 한마디로 "어디선지 모르게 그림이 그려지고 있고, 조각을 쪼고 있고, 시가 쓰이고 있는 곳. 감수성 있는 사람들이 젊었을 때 누구나 가질 청춘과 보헴과 천재의 꿈을 일상사로서 생활하고 있는 곳, 위보다는 두뇌가, 환상이 우선하는 곳, 이런 곳이 슈바빙인 것 같다. (…) 하여간 슈바빙은 이 무서운 날카로움으로 발전해가는 기계 문명 속에 아직도 한 군데 남아 있는 낭만과 꿈과 자유의 여지가 있는 지대, 말하자면 시곗바늘과 함께 뮤즈의 미소도 발을 멈추고 얼어붙어버린 것 같다"라고 표현해놓고 있다. 그녀에게 슈바빙은 참된 예술이 남아 있는 공간이자 청춘의 정신적 자유를 누릴 수 있는 곳이었다.

그녀는 한국에 돌아와서도 계속해서 뮌헨의 슈바빙을 그리워하며 여러 번 글을 썼다. 「몽환적 시월」이라는 글에서는 "뮌헨의 시월이 그립다"라는 말과 함께 "내가 살던 슈바빙이라는 뮌헨의 한 구는 일부러 옛날 것을 그대로 놔두는 파리식 예술가 촌이었다. 거기서만은 형광등 대신 여전히 가스등이 가로등으로 사용되고 있는데 저녁때의 짙은 안개 속에 가물가물 어렴풋이 보이는 가스등의 아름다움은 아직도 잊을 수 없다. (…) 자전거를 탄 할아버지가 긴 막대기로 유유히 한 등 한 등 켜가는 박모의 광경은 이런 계절에는 더욱 몽환적으로 동요적으로 보였던 것 같다"고 슈바빙의 가을을 그려내고 있다.

이미륵과 뮌헨

1920년대 독일은 조선인에게는 지도에나 있던 소문의 땅. 도대체 무엇이 청년을 그곳으로 보냈을까. 또 청년은 무엇 때문에 안정된 의사의 길을 버리고 문학의 길을 걸어갔을까. 이미륵의 독일어 소설 『압록강은 흐른다』는 독일어로 쓰인 가장 빼어난 문장 중 하나라는 평을 들으며 오랫동안 괴테의 글과 함께 중고교 교과서에 실렸다. 『압록강은 흐른다』를 읽는 밤, 이러한 의문이 꼬리를 물었다. 얼핏 잠에 빠졌을 때에는 눈앞에 푸른 밤안개의 강이 펼쳐져 있었다. 압록강이었다. 검은 두루마기 차림의 이미륵이 그 강을 건너고 있었다. 꿈인 줄 알면서도 나는 애타게 물었다. 대체 무엇이 당신을 이리로 오게 했느냐고. 그는 희미하게 웃을 뿐이었다.

독일에 압록강은
흐르지 않아도

10월 15일 밤 여덟시 프랑크푸르트 공항. 루프트한자 170편 게이트를 찾아 기나긴 복도를 걸어 뮌헨행 비행기에 오른다. 게르만의 에너지가 물씬 느껴지는 우람한 체구의 스튜어디스가 머리를 질끈 묶고 여전사처럼 입구를 지키고 있다. 살가운 미소 하나 없이 툭툭 끊어지는 언어에 경중경중 돌아다니는 그녀들을 보며, '비로소 독일에 왔구나' 하는 실감이 든다. 기내에 아시아인이라고는 나 하나, 창밖으로는 비가 내리고 있다.

비행기 날개 불빛에 비스듬히 내리는 빗줄기가 보인다. 가을비에 세상은 촉촉이 젖어 있다. 문득 달콤하면서도 씁쓸한 고독감이 닥친다. 나는 지금 병에 걸려 있다. 병의 이름은 역마직성(驛馬直星, 한곳에 머물지 못하고 떠돌아다님), 이곳 아닌 저곳으로만 향하는 이 갈망의 정체는 무엇인가. 왜 '이곳'은 늘 나른하고 '저곳'은 늘 설렘과 신비로 다가오는가. 청년 이미륵도 그랬을까? 서울대학교 의과대학 전신인 경성의전에 다니던 그는 의사의 길을 포기하고 돌연 머나먼 독일로 떠나버렸다.

1920년대 독일은 조선인에게는 지도에나 있던 소문의 땅, 그는 문학가로, 자연과학자로 그곳에서 혼자 살다가 병에 시달리며 가족도 없이 혼자 죽어간다. 그의 나이 갓 쉰을 넘겼을 때였다. 남겨진 것은 독일어 소설 『압록강은 흐른다』를 비롯한 다수의 독일어 시와 소설 그리고 한문 서예들. 그의 글은 독일어로 쓰인 가장 빼어난 문장 중 하나라는 평을 들으며 오랫동안 괴테의 글과 함께 중고교 교과서에 실렸다. 내가 이미륵에 대해 알고 있는 것은 이것이 다였다.

뮌헨의 슈트라우스 공항에 내린 것은 밤 열시가 넘어서였다. 시내로 들어오는 길은 노란색 포플러와 은행나무 잎으로 수북하다. 뮌헨 시내가 온통 노란색 낙엽에 묻혀 있다. 슈바빙 거리 끝에 있는 이비스라는 작은 호텔에 누워서도 정신은 또렷하다.

그는 왜 학교를 중단하고 상하이까지 가서 그토록 어렵게 중국 여권을 얻어가며 독일로 가야 했을까. 왜 장래가 보장된 의사의 길을 접고 문학가의 길을 걸었을까. 죽음 직전, 엄청난 베스트셀러가 되었던 『압록강은 흐른다』 속편 원고와 또다른 원고들은 왜 스스로 불태워버렸을까. 독일에서 왜 평생 독신을 고집했을까. 끝까지 그의 병상을 지키며 독신으로 지냈던 에파 박사나 '동양의 천재'에 매혹되어 평생 그를 사모한 엘리제 지그문트와는 단순히 스승과 제자만의 관계였을까. 『압록강은 흐른다』는 물론 「무던이」 「실종자」 「탈출기」와 같이 거의 모든 독일어로 쓴 작품들이 모국에 대한 회상과 절절한 그리움으로 가득차 있음에도 그는 왜 해방된 조국으로 다시 돌아오지 않았을까.

아침에 눈을 떠 커튼을 젖히니 창밖에 이슬비가 자욱하다. 길 위로 젖은 잎들이 날아다닌다. 불을 켜고 가는 자동차들이 내려다보인다. 호텔 식당에 내려가 '제멜^{semmel}'이라고 부르는 마른 독일 빵에 쓰디쓴 커

이미 늦~낳 ㅎㅘ중ㅣ 남부독

그 레펠라 핑의다

만추의 소도시
그레펠핑은 적막할 정도의 소도시. 가을이면 도시의 분위기는 더욱 아름답다.

피 한 잔으로 아침을 해결했다. 빵이 하도 딱딱해 입천장이 벗겨질 정
도였다. 그래도 깨물다보면 고소한 맛이 스몄다. 독일의 문학세계도 이
딱딱하면서 고소한 제멜의 맛 같은 것이 아닐까 생각했다.

뮌헨 한글학교의 남진 선생과 함께 이미륵이 강의했던 뮌헨 대학으
로 갔다. 캠퍼스가 따로 없는 대신 무거운 철문이며 돌기둥, 자연광이
떨어지는 궁륭식(활같이 한가운데가 높고 길게 굽은 형상) 천장과 딱딱한 철
의자가 놓인 강의실 등에서 독일을 이끌고 가는 묵직한 정신의 힘이 느
껴졌다. 이미륵의 궤적을 좇아온 독문학자 정규화 박사가 처음으로 그
에 관한 중요한 정보를 얻은 것도 1965년 바로 이 대학 뒷골목 뷜플레
고서점 여주인 로테 뷜플레를 만나면서부터였다. 그녀는 강의 후 그곳
에 들르곤 하던 한국인 '독토르 리'를 기억하고 있었던 것이다. 빈 강의
실에 들어가 혼자 앉아, 두루마기 자락을 휘날리며 열정적으로 강의했
을 이미륵의 모습을 떠올려본다. 열렬한 반일운동가였던 이미륵은 독
일에 와서도 쿠르트 후버 총장의 반나치운동에 동조했다. 후버 총장은
유명한 반나치운동 지도자였다. 이미륵이라는 자유와 지성의 불기둥은
언제나 반억압, 반독재의 편에 섰던 것이다.

강의실을 뒤로하고 '이미륵기념사업회' 송기호 사장과 그의 묘소가
있는 뮌헨 근교 그레펠핑으로 향했다. 그레펠핑은 뮌헨의 작은 주변 도
시로 평화롭고 아름다운 전원도시다. 이미륵은 이 그레펠핑의 유력자
인 자일러가의 후원을 받으며 자일러가의 옥상 다락에 살았다. 그러나
아킬린더 거리 421번지에 있던 그 유서 깊은 자일러가는 1997년에 헐
렸다. 스위스 쪽으로 가는 96번 고속도로를 타고 가는 동안 송사장은
버려져 있다시피 했던 이미륵 박사의 초라한 묘소를 옮기고 묘비를 제
막했던 후일담을 이야기했다.

"뮌헨 의과대학 신윤숙 교수 등 교민들이 힘을 모았지요. 그러나 이 모든 일은 성신여대 정규화 교수님이 아니었으면 불가능했을 것입니다. 또한, 서울대학교 독문과의 박환덕 교수, 출판사 범우사의 윤형두 사장 같은 분이 정규화 교수님을 많이 도왔다고 들었습니다. 어쨌든 정 교수님은 대단했지요. 그분은 친자식이라도 그렇게 할 수 없을 만치 30년 세월 온갖 정성을 다 기울였어요."

송사장이 이미륵기념사업회에 눈을 돌리게 된 것은 순전히 '애들 교육' 때문이었다고 한다. 독일에 사는 우리 아이들에게 한국인의 혼을 가르쳐야 했고 한국에서 조상의 묘소에 성묘하면서 자연스럽게 조상의 얼을 설명하듯이 '이미륵 박사'의 묘소를 찾고 한국인의 우수함과 정신, 혼을 가르쳐야겠다고 생각했다는 것이다. 그래서 작고일(3월 20일)을 정해 교민 일고여덟 명이 이박사 묘소를 찾기 시작했고 지금은 훨씬 많은 인원이 참석하게 되었다. 1997년의 묘비 제막 때(3월 15일)는 백여 명의 교민이 모여 한국의 힘을 자랑하기도 했다 한다.

송사장의 설명을 듣는 동안 차는 어느새 묘원 입구로 들어서고 있었다. 묘원은 갖가지 꽃들과 십자가 장식들, 조용히 타오르는 촛불들로 마치 천국의 문에 들어선 듯한 느낌이었다.

방하착(放下着, 집착을 내려놓으라는 불가의 교리)! 그레펠핑 묘원의 낙엽이 흩날린다. "붙잡으려 하지 마라, 소용없는 일이야." 지는 잎은 그렇게 말하는 것 같다. "그물에 걸리지 않는 바람처럼 우리네 삶도 그렇게 가는 것이야." 아름다운 돌들과 꽃에 뒤덮여 있지만 묘원의 슬픔은 오히려 더 선명하다. 이미륵의 묘소는 오랫동안 찾는 이도 없이 이곳 묘원의 응달지고 습기 찬 한쪽에 버려져 있다시피 했다. 이제는 조국을 바라보며 양지바른 쪽에 자리하고 있지만, 옮겨서 이처럼 제대로 모습을 갖추기까지 많은 이들의 노력과 슬픔이 있었다.

이미륵. 압록강 푸른 물을 바라보는 한반도에서 태어난 그가 어찌하여 이 머나먼 독일땅에 와서 그 몸을 뉘었단 말인가. 1972년 당시 30대의 늦깎이 유학생 정규화는 이미륵을 '발견'한다. 아니 '발굴'했다고 하는 편이 나을 것이다. 독일에서 이미륵의 삶을 좇으며 그는 혼자서 수없이 울었다. 그는 기한에 쫓기던 독문학 박사학위 논문을 밀쳐두고 관리비를 내지 않아 사라질 위기에 있던 이박사의 묘지를 살리기 위해 바쁘게 뛰어다녔다. 당시 서울에 살던 의선, 의정 두 누님에게도 이 소식이 전해졌지만 마음뿐 속수무책이었다. 또 어떤 관리 한 사람에게 힘들게 면담을 청해 형편을 얘기했지만 "이미륵? 미륵이 왜 절에 안 가고 독일에 가 있어?" 했다는 말도 전해진다. 이 대목에서 나는 분노했다. '국가'나 '당국'은 이미륵에 대해 어쩌면 그리도 무심할 수 있더란 말인가. 만일 똑같은 시기에 똑같은 인물이 일본에 태어나 똑같이 유럽에 가서 똑같이 활동했다면 일본인들이 얼마나 소란스러웠겠는가.

1965년 뮌헨 대학 뒷길 한 고서점에서 시작된 정규화의 이미륵 기리기는 실로 거룩한 데가 있었다.

"이박사의 혼이 나를 이끌고 다녔음이 분명합니다. '미륵 리 게젤샤프트(독일인들의 이미륵추모회)' 회원들을 비롯한 프랑스와 벨기에, 미국과 러시아에 이르기까지 실로 수많은 지역의 수많은 사람을 만났습니다. 뜻밖의 장소, 뜻밖의 인물들에게서 이미륵의 유고들과 자료들이 쏟아져나올 때마다 나는 그이의 혼백이 나를 또 이곳에 이끌고 왔구나 느끼곤 했지요."

정규화는 이미륵이 우리 근대사의 가장 뛰어난 인물 가운데 하나라는 확신에 흔들림이 없어 보였다.

"그는 다시 나타나기 어려울 정도의 많은 재능을 가진 사람이었습니다. 독일 유명 신문에 『압록강은 흐른다』 서평만 백 회 이상 실렸지요. 영어, 프랑스어 등 세계 주요 언어로 번역되면서 『압록강은 흐른다』는 펄 벅의 『대지』가 중국을 알린 것 못지않게 한국을 드러냈습니다. 독립운동을 하다 쫓기듯 독일로 가서 망명자 신분으로 살면서도 벨기에에서 열린 피압박민족대회에까지 참석해 직접 태극기를 그리고 일본의 만행을 알렸을 만큼 애국지사이기도 했습니다. 이학박사였지만 서예와 한시에도 높은 경지에 이른 분이었지요."

그러나 그를 기리는 사람들은 그의 재능이나 학식보다 그의 맑고 높은 그윽한 인품을 이야기한다. 이것은 전해지는 이야기에서는 물론 독일 내의 지인들과 그 가족들이 한결같이 꼽는 내용이다. 눈보라가 몰아치는 한겨울에도 홀로 그 향기를 날리는 매화처럼 그는 외롭고 쓸쓸한 독일 생활 속에서도, 특히 히틀러의 광기와 살의가 번득이는 사악한 세월 속에서도 그 정신의 품위를 잃지 않았던 것이다.

언젠가 서울대학교 독문과 박환덕 교수 댁에 갔다가 휘갈겨 쓴 이미륵의 자작 한시를 본 적이 있다. 10대에 조혼했다가 두고 떠나온 아내에게 쓴 회한의 시였다. 한때 애타게 그리워했지만 부부의 인연이 다해 이별할 수밖에 없었음을 털어놓은 눈물겨운 내용이었다. 내용도 내용이려니와 그 글씨의 기운 또한 빼어났다.

그의 묘소에 가기 전날 밤, 나는 거의 잠을 이루지 못했다. 그러다 얼핏 잠에 빠졌다. 비몽사몽. 눈앞에 푸른 밤안개의 강이 펼쳐져 있었다. 압록강이라고 했다. 밤안개 속을 건너가는 한 청년이 보였다. 검은 두루마기의 그가 나를 돌아다본다. 단아한 미남자였다. 참 잘생긴 얼굴이구나, 정신이 살아 있어, 요새 저런 얼굴 만나기가 얼마나 어려운

망망대해
이미륵의 생애는 망망대해에서 떠도는 것같이 외롭고 고독한 것이었다.

가…… 그렇게 생각하며 눈을 떴다. 짧은 꿈치고는 너무도 생생했다. 푸른 안개 속 청년 이미륵의 모습은 잠을 깨고서도 오래도록 지워지지 않았다.

이미륵이 우리에게 알려지기 시작한 것은 1959년 독일 유학생 전혜린과 초대 국립중앙박물관장을 지낸 고 김재원 박사 등의 신문 잡지 기고를 통해서였다. 그 외에 간혹 그를 연모한 독일 여인들 이야기나 30년 세월 그를 후원했던 자일러가 사람들 얘기가 소개되었을 뿐이다. 특히 1949년 11월 위암 수술을 받고 요양소에 머물고 있을 때 마지막까지 대소변을 받아냈다는 에파 이야기나 이미륵이 지상에서 남긴 마지막 편지 「힐게 볼모르트에게」(고서점 주인이었던 그녀는 1997년 유언대로 이미륵 묘소 바로 뒤에 묻혔다)는 가슴을 저민다. 2000년 3월 10일 오전 열시, 독토르 리는 육신으로 돌아오지 못했지만 비록 싸늘한 청동 흉상으로나마 그가 늘 사랑했던 책을 모아둔 국립중앙도서관을 지키게 되었다. 그날 정규화, 박환덕 교수와 유족 대표 이영래씨, 범우사의 윤형두 사장 등 많은 사람이 모였다.

아직도 베일에 싸인 이미륵, 맑고 곧은 조선의 선비정신을 독일에 심고 떠난 그의 압록강 건너기는 지금도 계속되고 있다.

이미륵의 삶과 문학　　　'이미륵'(李彌勒, 1899~1950)은 필명이자 아명으로, 본명은 이의경이다. 1899년 평안남도 해주에서 삼대독자로 태어난 그는 열한 살에 국권침탈을 겪었다. 해주보통학교를 다니다 건강상의 이유로 그만두고 독학으로 경성의학전문학교에 입학했다. 그리고 경성의전에 다니던 스물한 살 무렵 3·1운동에 가담했다가 일본 경찰에 쫓겨 상하이로 가서 적십자 대원 및 대한민국청년외교단 편집부장으로 일하다 이듬해 독일로 유학을 떠났다. 뷔르츠부르크 대학과 하이델베르크 대학에서 의학을 공부하다가 1925년 뮌헨 대학으로 옮겨 동물학을 전공했고 서른 살이 되는 1928년 동물학 박사학위를 받았다.

　1931년 독일 잡지에 「하늘의 천사」라는 단편소설을 발표한 것을 시작으로 계속해서 민족주의적 경향의 단편소설들을 발표했으며, 1946년 자전소설 『압록강은 흐른다』로 큰 성공을 거두었다. 그의 책이 유명 출판사인 피퍼에서 출간되자 독일의 신문들은 일제히 찬사를 보냈고, 그중 한 잡지는 "올해 독일어로 쓰인 가장 훌륭한 책은 외국인에 의해 발표되었는데, 그는 이미륵이다"라고 쓰기도 했다.

　1948년 뮌헨 대학 동양학부 외래교수로 초빙되어 한국학과 동양철학을 강의하던 이미륵은 1950년 52세에 뮌헨 근교에서 짧은 생을 마감했다. 독일인들은 그를 휴머니스트이자 '완전한 인간'으로 떠올리며 추모했다.

대표작이자 자전소설인 『압록강은 흐른다』는 작가의 체험을 회상 형식으로 서술한 작품이다. 근대화 초입부터 식민지 시대에 이르기까지의 역사적인 변혁기를 배경으로 역사적인 사건과 자신의 성장과정을 교차하면서, 전통과 변화, 동양과 서양의 가치가 혼재될 수밖에 없었던 상황 속에서 주인공이 동양적인 감성과 서양적인 이성을 지닌 인간으로 성숙해가는 과정을 섬세한 필치로 그려냈다.

이미륵과 전혜린과의 인연   1953년 7월 한국전쟁이 휴전을 맞자, 1950년대의 지식인들은 정신적 허기를 메우기 위해 앞다투어 유학길에 올랐다. 1955년 10월 전혜린은 독일행을 선택했고, 아는 사람이라고는 없었던 낯선 땅 뮌헨에 발을 내디뎠다.

전혜린이 머물렀던 슈바빙은 바로 작가 이미륵이 보헤미안의 예술을 꿈꾸며 독서를 즐긴 도시였다. 1956년부터 번역을 시작한 그녀는 이후 십 년 동안 무려 열 편의 독일작품들을 번역해낸다. 1959년 독문학 박사학위를 받고 졸업한 전혜린은, 이미륵 장례식 때 추모사를 낭독하고 그의 한국학 강의를 이어받은 엑카르트 교수의 조교가 되기도 했다.

전혜린이 번역한 한국어판 『압록강은 흐른다』는 1959년 여원출판사에서 간행됐다. 전혜린은 "이미 이 책은 영역됐지만 아직 한국어로 번역되지 못한 것은 슬픈 사실이기에 감히 번역의 붓을 들었다. 유창하고 활달한 문체며 그 아름다운 음률이며 그 깊은 영혼을 재현하기는 무척 어려운 일인 줄 알았으나, 우선 한국 국민들에게 읽히고 싶은 욕망으로 감히 시도해본 것이다"라고 말했다.

윤이상과 통영·베를린

윤이상이 살던 클라도우, 그가 거닐던 호수를 본다. 물빛이 통영 앞바다 그대로다. 통영 앞바다를 탯줄로 하여 태어난 사람은 평생 그 탯줄을 자르지 못한다는데, 그 또한 끝내 그 줄을 끊지 못했던 것일까. 나는 비로소 그가 왜 베를린에서 멀리 떨어진 이 한적한 교외를 거처로 정했는지 알 수 있었다. 그러자 그의 음성이 생생하게 들려왔다.

"귀국하면 내가 그토록 그리워하던 조국의 흙을 만지게 된다. 그때 그 흙에 입을 가까이 대고 나는 이렇게 말할 것이다. 나는 당신을 사랑합니다."

상처 입은 용은
통영 바다 떠도네

유독 나그네를 잡아끄는 도시가 있다. 베를린이 그렇다. 한 번 그곳을 방문한 여행자는 '베를린에 가방을 두고 왔다(그래서 가방을 찾으러 가야 한다)'는 핑계를 대고 반드시 그곳을 다시 간다고 한다. 가방을 두고 온 적은 없건만 그 도시는 늘 내 마음 한 자리에도 남아 있다. 아직도 분단의 고통을 앓고 있는 한국인에게 베를린처럼 육친의 느낌으로 다가오는 도시가 또 있을까.

지금은 무너졌지만 베를린 옛 장벽 터와 브란덴부르크 문을 돌아 그 도시에 들어가게 되면 누구라도 민족, 이념, 자유 같은 무거운 주제와 부딪히게 된다. 이 참을 수 없는 가벼움의 시대에도 유독 베를린만은 나그네에게 그런 묵직한 주제를 화두로 던져주는 것이다. 예술가라고 해서 예외는 아니다. 아니, 예술가들에게 더욱 그렇다. 혹 파리의 생제르맹이나 뉴욕의 맨해튼에서는 자유로운 예술가라 할지라도 베를린에서라면 얼마 못 가 묶이고 말 것이다. 그런 무거운 주제들에.

회색 구름이 낮게 깔린 거리에 교회당의 종소리가 장엄하게 울린다.

쿨럭대며 개를 데리고 가는 노인의 뒷모습 하나가 보일 뿐 거리는 산사처럼 적막하다. 나는 지금 낙엽에 발이 빠지며 주소 하나를 가지고 나사우 거리 6번지를 걸어 '국제윤이상학회(연구소)'를 찾아가고 있다.

오래된 아파트를 올라가 벨을 누르자 키 큰 남자가 문을 열어준다. 발터볼프강 슈파러. 내 기억이 맞다면 연구소 책임자인 그는 나와 동갑내기일 것이다. 음악학자이자 미학자이고 연주가인 그는 윤이상 생전에 함께 책을 내기도 했다. 그의 어깨 너머로 맞은편 벽에 붙은 윤이상의 사진이 보인다. 연구소 건물은 늘어선 군사들처럼 온통 책으로 둘러싸여 있다. 그 가운데 유독 남북한과 일본에서 나온 한국 미술 화집이 눈길을 끈다. 한쪽 빈 벽에는 강서고분벽화와 만다라 그림의 사진들이 붙어 있다.

윤이상은 늘 민족음악의 근원을 생각했는데 그 희미한 근원의 저편에 잃어버린 옛 왕국 고구려가 있었다. 만다라 역시 마찬가지다. 합리나 논리로는 풀 길 없는 생의 비밀스러운 의식을 담은 그 그림 속에서 그는 언어나 사유 이전의 음을 생각했을 것이다. 그러고 보면 윤이상의 음악은 우리 전통은 지키면서 서양 문화는 받아들이는 본보기를 이룬 셈이었다. 그는 자신의 음악에 동양의 학문과 자연을 담아 서구의 방법으로 노래했고 이런 세계야말로 서양음악이 체험하기 어려운 것이었다.

윤이상 연구의 권위자 볼프강은 소년처럼 보였다. 그가 손수 끓여 내온 커피를 마주하고 앉는다. 맑고 깨끗한 눈이다. 근래 마흔 살 넘은 남자의 것으로 저렇게 투명한 눈빛을 본 적이 없다. 가을햇살 같은 그 투명한 눈빛이 닿는 곳마다 악보의 음표들이 꼬물꼬물 기어다닌다.

"수자의 책은 어떤지……"

그는 그즈음 한국에서 나온 윤이상의 부인이 쓴 『내 남편 윤이상』의 반응이 궁금한 모양이었다. 이후 둘 중 누구의 모국어도 아닌 영어로 이야기를 나누었다. 내 편이 훨씬 어눌했지만.

볼프강 1966년 윤이상의 〈예악〉이 도나우에싱엔 음악제에서 처음 연주되었을 때 그것은 하나의 사건이었다. 당시 유럽의 현대음악은 벽에 부딪히고 있었다. 방향 없는 추상성과 철학 없는 실험성에 빠져 그야말로 기진맥진이었다. 그때 나온 윤이상의 곡은 하나의 빛이었고 출구였다. 어떤 의미에서 그는 유럽 현대음악의 메시아였다.

김 너무 과장된 표현같이 들리는데……

볼프강 결코 그렇지 않다. 베를린 청년 중에 피카소 모르는 사람은 있어도 윤이상 모르는 사람은 없다.

김 정말 그렇다면 놀랍다. 사람들이 그의 음악을 그처럼 폭넓게 이해하고 좋아한다면 의외라고 생각된다. 그의 음악은 아주 난해한 것 아닌가. 같은 한국인인 나도 이해하기 어려운데 그의 음악세계를 좀더 구체적으로 이야기해달라.

볼프강 그건 그렇다. 그러나 이해란 늘 지식을 전제로 하는 것은 아니다. 오히려 지식보다는 느낌이다. 그렇다, 느낌이다. 많은 유럽 사람들은 그의 음악을 느낌으로 좋아한다. 물론 이 색다른 느낌 중에 동양적인 그 무엇이 많이 자리하고 있음을 부인하기는 어렵다. 그러나 그가 한국인이고 그의 세계가 동양적이어서만은 아니다. 그가 지역을 초월해 현대음악의 보편적인 길 하나를 열었기 때문이다. 한국인이라고 무조건 윤이상 음악을 좋아하거나 이해하는 것은 아니지 않은가.

김 그건 그렇다.

볼프강 이건 분명하다. 다름슈타트 현대음악제 등을 통해 나온 그의 음악

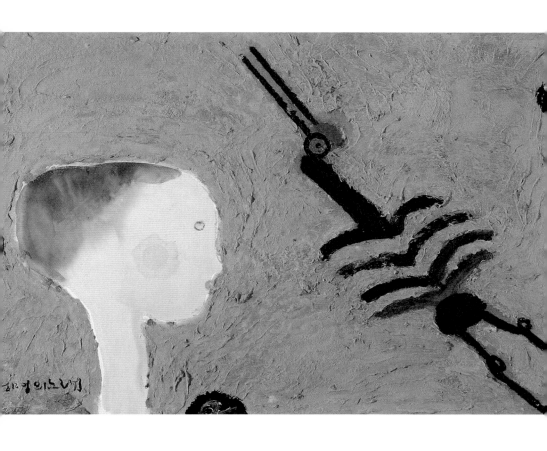

그리움의 아이처럼
고향의 품을 떠나 돌아오지 못한 윤이상의 마음도 어머니의 품을 떠나 그리워하는 아이의
마음과 같았을 것이다.

들은 하나같이 동양의 신비로 가득한 것들이었다. 그는 유난히 조국과 고향 애기를 많이 했다. 그의 음악적 영감들은 대부분 그곳에서 온 것들이라고 생각한다. 내게 고향 이야기를 들려줄 때마다 그는 꿈꾸는 소년처럼 행복해했다. 충무(내가 통영이라고 정정해주자 웃으며 크게 고개를 끄덕인다)의 새벽 바다를 삐걱거리며 멀어지는 나무배들, 그리고 저녁에 돌아오는 어부들의 노랫소리, 물결 위로 스치는 바람, 밤바다 위의 별들…… 그 속에서 그는 신비한 우주의 소리를 들었을 것이다. 아니 들었다고 했다. (이런 언급은 루이제 린저가 쓴 윤이상 평전에도 나온다.)

김 조국에 대한 기억 중에는 나쁜 것들도 많았을 텐데……

볼프강 글쎄…… 그는 자기 조국과 고향에 대해 대체로 좋은 것들만 이야기했다. (…) 단지 고문과 감옥생활의 후유증으로 '코르티손'류의 독한 약을 한 움큼씩 먹는 것을 보면서 그가 당한 고통을 짐작할 수 있을 뿐이었다. 사실 베를린의 습한 날씨가 그에게는 좋지 않았다. 고향 통영의 따뜻한 날씨였다면 그는 더 살 수 있었을지도 모른다.

김 그는 고향에 돌아가리라는 꿈을 끝까지 포기하지 않았는가.

볼프강 오랫동안 그는 '고향에 돌아가면……'이라는 말을 많이 했다. 통영을 떠난 사람은 반드시 통영에 돌아가고 만다는 것이 통영에 내려오는 전설이기 때문에 자신도 돌아갈 수 있을 것이라고 했다. 그러나 작고하기 한두 해 전부터는 그 꿈이 이루어지지 않으리라는 것을 예감한 듯했다.

스스로 만든 음악 언어로 무수한 국경을 무너뜨리며 우뚝 섰던 윤이상. 그러나 정작 그는 평생 꿈꾸던 고향에는 돌아오지 못하고 만다. 무슨 이런 얄궂은 운명이 있단 말인가. 「조국에 대한 연서」라는 글에서 늙은 음악가는 떨리는 마음으로 이렇게 고백했다.

"귀국하면 내가 그토록 그리워하던 조국의 흙을 만지게 된다. 그때 그 흙에 입을 가까이 대고 나는 이렇게 말할 것이다. 나는 당신을 사랑합니다."

볼프강 박사와 나눈 대담 중에는 까곡(가곡), 차앙(창, 唱), 쭉(북, 鼓), 태금(대금), 짱고(장고), 가야쿰(가야금) 같은 우리 악기의 이름이 예사로이 나왔다. 윤이상은 그만큼 한국의 악기와 그 소리의 지평을 세계화해 놓았던 것이다.

윤이상이 살던 집은 우연이었을까, 옛 동서 베를린의 남쪽 경계인 반제 호수 건너편에 있었다. 한반도 남과 북의 경계 위에 서 있던 그는 독일에서도 동독과 서독이 마주하던 경계에서 은둔자처럼 그렇게 살았던 것이다. 묘소는 주택가를 지나 완만한 능선을 타고 끝없는 길 양편의 나무들과 낙엽들 속을 지나고 나서야 벌판 한가운데에서 돌연 그 모습을 드러냈다. 막시밀리안 콜베스트라세의 묘지는 음산하고 쓸쓸했다. 나는 그의 묘지를 찾아 그 앞에 고개를 숙였다. 고해하듯 말없는 말로 고인의 앞에 서서 이야기했다.

윤이상 선생님, 저는 지금 당신의 묘소 앞에 서 있습니다. 육신의 싸늘한 소멸 너머 어딘가에 아직도 고여 있을 당신의 정신을 찾아 이곳에 왔습니다. 물어물어 이 머나먼 가토Gatow의 묘지를 찾아오며 저는 울었습니다. 당신은 왜 조상의 무덤이 있는 따뜻한 고향 통영에 잠들지 못하고 이토록 춥고 음산한 베를린의 공동묘지에 육신을 뉘어야 합니까.

당신이 잠든 묘지는 흡사 폐광처럼 쓸쓸합니다. 하늘은 무겁게 가라앉았고 꽃은 시들었습니다. 집착을 버려라! 마지막 나뭇잎 몇 개가 망

명 예술가의 묘소 위로 떨어지는 모습을 바라보며 흘러내리는 눈물을
어쩔 수가 없었습니다. '울지 마오! 어디에 잠들든 묻힌 삶은 서럽고 외
로운 법이라오.' 당신은 그렇게 얘기하는 것 같았습니다.

이제 그만 일어나서 그토록 그리워하던 고향집으로 돌아가십시다,
선생님. 지금쯤 그 남쪽 항구에는 따스한 불빛이 번지고 포근하게 눈이
내리고 있을지도 모릅니다. 이제 그만 돌아가십시다, 그곳으로. 왜 아
직도 그토록 그리던 고향으로 돌아가지 못하고 이 소름 끼치게 음산한
베를린의 겨울하늘 아래 남아 계셔야 하는 겁니까. 그토록 완강하던 이
념의 벽마저 속절없이 무너지고 있거늘 더 무슨 한이 남아 당신은 이
얼어붙은 남의 땅 검은 흙 아래 누워 있어야 한다는 것입니까.

1989년이던가요? 베를린에서 개인전을 하던 어느 날 화랑 주인은 선
생님 댁에 한번 가자고, 동양화를 한다고 하면 반가워할 거라고, 선생
님 댁에는 알 만한 한국 화가의 작품들이 많다고 했고, 나는 언제 한번
가서 인사드리자고 했지만 그 '언제 한번'은 끝내 이루어지지 못하고
말았습니다. 그 뒤 몇 번 더 베를린을 찾을 기회가 있었지만 차마 선생
님 댁을 방문할 용기가 나지 않았습니다. 상처만 준 못난 조국에서 온
젊은 예술가가 무어 그리 반가우실까 싶은 생각에다가 나는 음악가도
아니고 자칫 호사가처럼 비칠 수도 있으리라는 자격지심 때문이었습니
다. 그러나 지금에 와서는 생전에 선생님의 손이라도 한번 잡았더라면
하는 아쉬움이 남습니다.

베를린에 머문 이 며칠 동안 나는 발터볼프강 슈파러 박사를 비롯한
'윤이상 음악의 생도'들을 여럿 만났습니다. 그 가운데는 당신을 유럽
음악의 성자라고 말하는 이도 있었습니다. 신경증적으로 흘러가던 현
대음악 속에서 사람과 하늘과 땅을 하나로 만나게 한 음악의 철학자,

음악의 도인이라고 표현하는 이도 있었습니다. 도인일 뿐 아니라 선생님에게서는 조선의 선비정신이나 지사적 풍모가 풍기기까지 합니다.

그리고 무엇보다 그 음악에는 우리 산, 우리 물이 살아 있습니다. 확실히 〈물가의 은둔자〉의 플루트 소리를 듣노라면 대숲을 쓸고 가는 바람 소리가 들립니다. 선생님의 어느 곡을 듣더라도 눈앞에 확연히 우리의 자연이 열리는 것입니다. 솨 하는 솔바람 소리가 지나가고 하늘을 나는 고구려 벽화 속의 사신도가 보입니다.

그 길고도 파란만장한 망명생활에도 풍토가 예술을 낳는다는 것은 선생님에게도 예외가 아니었던 것입니다. 제 무식을 용서하십시오. 대편성 관현악을 위한 〈무악〉, 클라리넷 독주를 위한 〈피리〉 같은 곡의 클라리넷과 하프, 플루트 소리가 제 귀에는 대금이나 퉁소로 바뀌어 들려옵니다. 환쟁이 티를 내 죄송스럽습니다만 선생님 곡의 그 맑고 깊은 어둠에 잠겨 있노라면 거의 늘 가슴으로 번지는 수묵화의 세계를 느끼게 됩니다. 그렇습니다. 비록 떠나 있어도 조국의 자연, 조국의 현실은 늘 동심원이 되어 당신의 음악 깊은 곳에 머물고 있었습니다. 이처럼 동과 서가 서로 갈등하거나 적대적이지 않고 상생의 관계로 만났건만, 그러한 당신의 음악으로도 민족의 분열만은 지금까지 치유되지 못하고 있습니다.

숭고한 사랑치고 눈물 없는 사랑이 어디 있겠습니까만 분단 조국을 향한 당신의 사랑은 뼈에 맺히는 고통과 눈물의 연속이었습니다. "결혼을 제외하고 내 생애는 언제나 분단의 경계 위에 선 것이었다. 내 음악의 대부분은 그 분단을 극복하는 일에 바쳐졌다"고 회상했던 것처럼, 어쩌면 분단은 당신에게 운명 같은 것이었는지 모릅니다. 남북으로 나뉜 국가에서 생애의 전반부를 보내고 동서로 나뉜 국가에서 그 후반부

윤이상 음악의 자유혼
정중동의 동양적 세계관으로 현대음악의 길을 연 윤이상. 그의 예술가적 자유혼은 동서양의
경계와 이념의 벽도 허물었다.

를 보냈으며 심지어 생가나 묘소마저도 옛 동서 베를린의 경계선에서 멀지 않은 곳이니 말입니다.

엊그제 나는 당신이 떠난 호숫가 클라도우의 빈집에 다녀왔습니다. 거대한 도토리나무와 소나무의 완만한 내리막길에 자리한 그 빈집은 아무리 벨을 눌러도 응답이 없었습니다. 저는 당신이 늘 산책을 했다는 집 뒤의 소나무 숲길을 걸어 호숫가로 내려섰습니다. 그러고는 놀라지 않을 수 없었습니다. 거짓말처럼 정겹고 푸근한 강 같은 호수는 그 물빛과 풍광이 통영 앞바다의 것 그대로였습니다. 통영 앞바다를 탯줄로 하여 태어난 사람은 평생 그 탯줄을 자르지 못한다는데, 정박한 배처럼 선생님도 끝내 그 줄을 끊지 못했던 것일까요.

나는 비로소 왜 당신이 베를린 시내에서 40킬로미터 이상이나 떨어진 이 한적한 교외를 거처로 정했는지 알 것 같았습니다. 물 건너로 산자락이 펼쳐지지 않는 것만 다를 뿐, 몇 번을 살펴보아도 완전히 또하나의 통영이었습니다. 당신은 고향과 비슷한 곳을 택해서라도 못 이룬 귀향의 꿈을 달래려 했던 것이었습니다. 언제나 고향과 민족에 자신의 정신적 머리를 두었던 당신은 그러고 보면 위대한 음악의 도인, 음악의 성자이기 이전에 다시 고향에 돌아가지 못해 눈물지었을 한 실향민일 뿐이었습니다.

그러나 1999년 5월 21일은 참으로 감격스러운 날이었습니다. 선생님의 육신은 조국으로 돌아오지 못했지만, 뮌헨 올림픽 음악 축전에서 세계인의 관심 속에 초연되었던 선생님의 오페라 〈심청〉이 '예술의전당' 무대에서 막을 올림으로써, 장엄하게 귀환했기 때문입니다. 그날 저는 베를린에서 만났던 볼프강 슈파러 박사와 따님 윤정씨를 다시 만날 수 있었습니다. 선생님의 〈심청〉이 우리 배우와 우리 연출자에 의해 우리

무대에 올랐을 때 가족의 감회는 남달랐을 것입니다. 더구나 통영에서는 윤이상기념관이 세워진다 하니 어느 정도는 위로가 되겠지요. 앞으로도 선생님의 음악은 한국에서 두고두고 그 빛을 발할 것입니다. 사람은 가도 예술은 영원한 것이라는 말처럼.

윤이상의 삶과 음악   윤이상(尹伊桑, 1917~1995)은 경남 산청군 덕산면에서 태어났다. 세 살 때부터 통영 본가에서 어린 시절을 보내며 서당과 통영 공립보통학교를 다녔다. 보통학교를 졸업한 윤이상은 음악가가 되는 것을 반대하는 아버지의 뜻에 따라 통영협성상업학교에 진학하지만 결국 2년 후 상경해 화성법과 서양 고전음악을 익혔다. 상업학교에 다니면서 음악을 배운다는 조건으로 아버지의 허락을 얻어낸 그는 1935년, 오사카 상업학교에 입학하고 음악원에서 작곡, 음악이론, 첼로 등을 배운다. 그러나 갑작스러운 어머니의 부고 소식에 1937년 귀국했다. 그동안 가세가 기울어 1938년 통영 산양면에 위치한 화양학원에서 음악교사 생활을 하게 된다. 이후 통영여자고등학교와 부산사범학교 등에서 음악교사를 역임한다. 같은 학교 국어교사였던 이수자와 결혼한 것도 이 무렵이다.

1950년에 전시작곡가협회를 조직해 활동했다. 유치진 극본·연출의 〈처용의 노래〉 음악을 작곡하여 국립극장에서 공연하기도 했고, 이은상 작시 〈낙동강〉을 합창곡으로 만들기도 했다. 또 아동문학가이자 동요작가인 김영일과 함께 70여 편의 동요를 작곡했다. 전쟁이 끝난 1953년 서울로 이주해 여러 대학에 출강하면서 〈첼로소나타 1번〉 〈현악 4중주 1번〉 등을 발표했고, 당시 문화예술인의 최고 영예인 제5회 서울시문화상을 수상하기도 했다.

1956년 파리 국립고등음악원에서 공부했고 1957년에는 독일 베를린음악대학으로 옮겨 졸업했다. 1959년 다름슈타트 현대음악제 때 쇤베르크의 12음계 기법에 토대를 두고 한국의 정악을 응용하여 작곡한 〈7개의 악기를 위한 음악〉을 발표, 유럽 음악계의 주목을 받기 시작했다. 1964년 포드재단의 장학생으로 선발되어 베를린에 정착하게 되고, 1965년에는 전 5악장으로 구성된 〈오, 연꽃 속의 진주여〉, 1966년에는 관현악곡 〈예악〉을 발표해 국제적 명성을 얻게 된다.

그러나 그는 1967년 '동베를린 공작단 사건(동백림 사건)'에 연루되어 서울로 강제소환된다. 1심에서 종신형을 받고 2·3심에서 각각 15년, 10년으로 감형되어 2년간의 옥고를 치르다가, 세계 음악계의 구명운동으로 1969년 풀려나 독일로 돌아오게 된다. 그가 수감중에 작곡한 〈나비의 미망인〉은 초연에서 31번의 커튼콜을 받을 정도로 성공을 거뒀다. 1972년에 그는 베를린 음악대학 명예교수로 임명되었고, 또 뮌헨 올림픽 기념으로 작곡한 오페라 〈심청〉을 성공적으로 공연한다. 1975년 무렵부터는 일반 대중이 이해할 수 있는 음악을 추구하면서 더불어 세계평화와 인류에 대한 사랑 등의 확대된 메시지를 담게 되었다. 광주민주화운동을 소재로 한 〈광주여 영원하라〉, 북한 국립교향악단이 초연한 칸타타 〈나의 땅 나의 민족이여〉, 광주민주화운동 중 희생된 사람들의 넋을 추모한 〈화염에 휩싸인 천사와 에필로그〉 등이 그 예다. 그러나 그는 끝내 고국땅을 밟지 못하고 79세의 나이로 독일 베를린에서 생을 마감한다.

독일연방공화국 대공로훈장을 받았고, 1998년 뉴욕 브루클린음악원에서 선정한 역사상 최고의 음악가 44인에 뽑히기도 했다. 고향 통영에서는 그의 음악적 업적을 기리는 음악제가 매년 열리고 있다.

조국 통일을 기원한 민족주의자 윤이상   윤이상은 1988년 도쿄
에서의 한 기자회견에서 남북음악제전 개최를 제안했다. 또 그후에도 계속해서
음악을 매개로 한 남북 화해의 길을 모색했다.

본래 계획중이었던 남북음악제전은 불발에 그치고 말았지만, 윤이상은 그후
1990년 10월 평양에서 개최된 제1회 범민족통일음악제 준비위원장으로서 남북
한 합동공연을 성사시켰다. 또 곧이어 서울에서 개최된 90년 송년 통일음악제에
서도 역시 합동공연을 성사시켰다.

한편 북한에서는 그의 음악을 기리기 위해 1984년 윤이상연구소를 설립했다.
또 1990년에는 윤이상관현악단이 창립되었으며, 윤이상연구소는 윤이상음악당
을 갖춘 15층 건물의 윤이상음악연구소로 확대된다. 윤이상관현악단은 1982년
부터 해마다 평양에서 열리는 윤이상음악제에서 조선국립교향악단과 더불어 연
주를 한다. 이 음악제에서는 윤이상의 작품만이 아니라 여러 서양 악곡들을 연주
한다.

남한에서는 본래 그의 음악이 거의 알려지지 않았다. 그의 작품과 그 가치보다
는 '동백림 사건'에 연루된 그의 사상만이 항상 논의의 초점이 되었기 때문이다.
그러나 1994년부터 윤이상음악제가 개최되면서 그의 삶과 예술이 재조명되었
다. 그리고 윤이상통일음악회 등 윤이상 음악을 공통분모로 한 남북한 음악인들
의 화합의 장도 계속해서 마련되고 있다.

진은숙과 베를린,

음악평론가 진회숙을 언니로, 문화비평가 진중권을 동생으로 둔 작곡가 진은숙. 그녀는 윤이상으로 대
표되는 한국 음악의 전통과 파격적인 아름다움을 시도하는 유럽 현대음악을 두 축으로 삼아 새로운 악
곡을 만들어내고자 한다. 창작이란 천국에 가는 것보다 더 어려운 일이라고 말하는 그녀는 단단한 전통
을 기반으로 세계와 호흡하는 오케스트라를 만들어내는 것을 꿈꾼다.

베를린에서 만난
물푸레나무

베를린, 그 고독한 영혼의 도시에 황혼이 내린다. 반제 호수를 끼고 남서로 길게 이어지는 그뤼네발트의 끝자리에 있는 찻집이다. 물가로 이어진 길을 따라 노인 하나가 늙은 개를 데리고 석양 속으로 걸어가는 모습이 보인다. 나무들은 보일 듯 말 듯 바람에 흔들리며 일제히 물 쪽으로 잎사귀를 드리웠다. 석양빛 속 나뭇잎들은 비눗방울처럼 반짝인다.

문득 쿠담 거리의 오래된 초콜릿 가게에서 만난 '물푸레나무 그림자 같은 여자' 하나가 떠오른다. 작곡가 진은숙. 스무 해 만에 본 얼굴인데도 그녀는 옛날 대학 교정에서 보던 분위기와 별반 달라지지가 않았다.

기억 속에서 저물녘이면 서울대 관악 캠퍼스 미대 맞은편의 음대 건물 쪽에서 악보며 책을 가슴에 안고 걸어나오던 그 여학생은 늘 혼자였고 늘 고개를 숙이고 있었다. 삼삼오오 무리 지어 즐겁기만 한 그 나이 또래의 분위기와는 어딘지 다른, 음지식물처럼 보이던 모습이었다.

하지만 몇 년이 안 가 명성 높은 국제작곡콩쿠르에서 연이어 입상하기 시작하면서, 어린 나이에도 불구하고 그녀의 이름은 관악 캠퍼스에

그뤼네발트의 새

서울에서 반제 호숫가에 오래된 숲으로 날아와 둥지를 튼 작곡가, 진은숙. 모든 예술적 시도
와 실험을 품고 곰삭여 숙성시키는 베를린의 분위기는 이방의 예술가에게 제2의 고향이 되
었다.

베를린의 진은숙
자그마한 몸집에 반짝이는 눈빛. 윤이상에 이어 세계 최고의 현대음악 작곡가로 인정받은
그의 음악은 일상의 논리를 전복하면서도 난해하지 않아 듣는 이를 매혹시킨다.

서 알 만한 사람은 다 아는 이름이 되어버렸다.

그러나 대학 졸업과 함께 행방이 묘연해졌고 그 떠오른 이름도 잊혀 갔다. 스승 강석희 교수의 음악 행로처럼 그녀도 독일로 갔다는 사실을 몇 년 후에야 알게 되었을 뿐이다.

어떻게 해서 베를린으로 오게 되었느냐는 것이 그 초콜릿 가게에서 이십 년 만에 만났을 때의 내 첫 질문이었다. 그녀는 "예술가가 숨어 일하기 좋은 도시여서"라며 웃었다. 처음에는 함부르크에 있었지만 살아보니 자기 공간 속에 깊이 침잠하여 작업하기에 베를린만한 곳이 없더라는 대답이었다.

실제로 이 도시에는 음악, 영화, 연극, 미술, 문학 등 예술의 전 영역에 걸쳐 숨어 있다시피 나타나지 않고 일하는 세계적 거장들이 많다는 것이었다. 그들은 한결같이 자기 세계에 깊이 침잠해, 있는 듯 없는 듯 그렇게 지내다가 한 번씩 자신의 생애를 걸어도 좋을 만큼의 것들을 들고 나타난다는 말이다.

예컨대 하나의 예술이 곰삭아 숙성하기까지 끈기 있게 기다려주는 곳이 베를린이라는 것이었다. 그런 점에서 베를린은 예술가들을 흡인하는 도시이면서 동시에 내치기도 하는 무서운 도시라고 했다. 올 때마다 느끼는 것이지만, 확실히 이 도시에서는 그 어떤 정신적인 힘 같은 것이 느껴진다. 동과 서가 만나 일으키는 스파크 같은 것이라 해야 할까.

숲과 물에서마저도 호주처럼 한없이 밝기만 하지 않고 적절한 음영이 섞여 있어서 더 그렇게 느껴지는지도 모르겠다. 분명 이방의 예술가들이 빠져들 만한 신비한 요소들을 지니고 있는 것만 같다.

어쩌면 분단 이후 실로 오랜 세월 섬처럼 고립되었던 곳이어서 고독한 도피를 꿈꾸는 예술가, 흔들리고 상한 영혼의 예술가 그리고 두 이념 사이를 방황하는 예술가 들을 더더욱 보듬어 안을 수 있는 것인지도 모르겠다. 굳이 윤이상 선생을 예로 들 필요도 없이 이런 베를린을 예술적 고향으로 삼아 허다한 망명 예술가들이 오늘도 이 도시로 가방을 들고 찾아온다는 것이다. 모든 예술적 시도와 실험들을 안으로 끌어당겨 곰삭게 하는 그 어떤 힘이 끝없이 가벼운 미국풍 현대예술에 식상한 사람들을 불러들이나보다.

예술도시 베를린에는 실로 수많은 공연장과 연주장 그리고 박물관과 미술관, 극장과 화랑 들이 자리하고 있다. 특히 음악적 면면이 화려하다. 유명한 레코드회사 텔덱과 도이체 그라모폰이 있고, 카라얀이 지휘했던 세계 최고의 베를린 필하모닉 오케스트라와 블라디미르 아시케나지, 켄트 나가노 같은 사람의 이름이 걸린 도이치 심포니 오케스트라가 있다. 서울대에서 경제학을 공부하고 베를린에 와서 전공을 바꾸어 텔덱에서 다니엘 바렌보임의 오케스트라 녹음을 담당했던 음향학자 이두현은 "베를린의 거대한 음악적 분위기에 빠져 정신을 차릴 수 없었고, 어느 날 보니 경제학을 전공했던 내가 텔덱의 녹음실에 있었다"며 웃었다.

어쨌든 이 음악도시 베를린에 와서 진은숙은 작곡가로서의 재능을 유감없이 드러내, 윤이상에 이어 한국 작곡가로서 후폭풍을 불러일으키고 있다. 이미 세계의 작곡계를 이끌 다섯 명의 차세대 작곡가에 오른 바 있는 그녀는 위촉받은 작곡만으로도 수년 후까지 일정표를 꽉 채울 정도로 유럽 음악계의 중요 인물이 되었다. 전자음악을 비롯해, 여러 형태의 현대음악을 폭넓게 넘나들며 그녀는 이제는 숨어 있기 좋은 이 베를린에서도 더이상 숨어 있기 어려운 사람이 된 것이다.

숲은 어느새 깊은 고요 속으로 빠져들고 있다. 바야흐로 저 깊고 푸르른 어둠의 베를린이 시작되는 시간이다. '어두워지자 길이/그만 내려서라 한다'는 이문재의 시 「노독」처럼 이제 이곳을 떠나야 할 시간이다. 문득 이 느낌을 그림이 아닌 소리로 잡아낼 수 있다면 하는 생각과 함께, 다시 '물푸레나무 그림자 같은' 얼굴이 얼핏 떠오르다 사라졌다.

'제2의 윤이상' 작곡가 진은숙   한국을 대표하는 현대음악 작곡가 진은숙(陳銀淑, 1961~)은 목사 진순항 슬하 네 남매 중 둘째 딸로 태어났다. 그녀는 두 살 때부터 아버지가 목회 활동을 하던 교회에서 피아노를 접했다. 중학생 시절 연주자가 되기로 결심하고 피아노를 독학했다. 그러던 중 작곡가가 돼보는 게 어떻겠냐는 선생님의 제안으로 작곡 공부를 시작한 그녀는 당시 집이 어려워져 악보를 살 형편이 되지 않자 차이콥스키, 스트라빈스키 등의 교향곡 악보를 손으로 베끼며 공부했다. 레슨도 받지 못하고 독학으로 작곡을 공부한 그녀는 삼수 끝에 1982년 서울대 작곡과에 입학해 강석희 교수에게 가르침을 받았다.

1985년, 20대 중반의 나이에 가우데아무스상을 수상한 그녀는 같은 해, 독일에서 공부한 강교수의 영향으로 독일 함부르크 음대로 건너가 세계적 거장 죄르지 리게티에게 작곡 수업을 받는다.

그녀의 오페라 〈이상한 나라의 앨리스〉의 탄생 역시 스승 리게티와의 인연과 관련이 있다. 본래 리게티가 『이상한 나라의 앨리스』를 바탕으로 오페라를 한 편 작곡하기로 돼 있었으나, 말년에 그의 건강이 허락지 않아 그가 제자 진은숙에게 이 오페라의 작곡을 맡겼다고 한다.

진은숙은 2004년 바이올린 협주곡으로 '작곡가의 노벨상'이라 불리는 그라베마이어 작곡상을 수상했고, 이듬해 2005년에는 아르놀트 쇤베르크 음악상을 받았다. 같은 해, 그녀는 통영국제음악제의 상주작곡가로 4년 만에 고국을 찾으면서 대한민국 음악계에는 '진은숙 열풍'이 일어나게 되고, 그녀는 2006년부터 국내에서도 서울시립교향악단의 상임작곡가로 활동하게 된다. 2007년에는 〈이상한 나라의 앨리스〉를 세계 정상의 오페라 무대인 뮌헨 바이에른 극장에서 초연해 극찬을 받았으며, 2009년에는 일본 산토리홀에서 동양의 전통악기인 생황을 서양음악 형식에 접목한 생황 협주곡 〈슈〉를 발표해 화제를 모았다. 2010년 피에르 대공 작곡상을 수상했으며, 같은 해 영국의 명문악단 필하모니아 오케스트라 현대음악 예술감독으로 임명되는 등, 전 세계를 무대로 활발한 활동을 펼치고 있다.

오페라 〈이 상 한 나 라 의 앨 리 스〉　　2007년 6월, 독일 뮌헨 오페라 페스티벌 개막작으로 진은숙의 첫 오페라 〈이상한 나라의 앨리스〉가 성황리에 세계 초연됐다. 한국인의 작품이 이 극장에 오른 것은 1972년 윤이상 오페라 〈심청〉 이후 35년 만의 일이고, 또한 현대 오페라가 뮌헨 오페라 페스티벌의 개막작으로 선정된 것 역시 처음이었다. 지휘는 진은숙의 오랜 음악적 동지이자, 바이에른 국립오페라극장 음악감독인 켄트 나가노가 맡았다.

오페라 〈이상한 나라의 앨리스〉는 오페라와 뮤지컬의 경계에 선 독특한 작품으로 전 8막으로 구성되어 있다. 원작자 루이스 캐럴의 복장에 가발을 쓴 성악가들은 무대 하단에서 노래만 부르고 배우들이 가발을 쓰고 연기만 하는 형식이다. 수수께끼 같은 줄거리, 만화 같은 상상력과 익살스러운 음악은 관객들로 하여금 꿈의 세계에 와 있는 듯한 착각을 일으킨다. 입체감 있게 표현된 무대와 풍선과 와이어 등을 이용한 특수효과, 조명의 사용 등은 여기에 시각적 환상을 더해준다.

진은숙의 〈이상한 나라의 앨리스〉는 그녀가 어린 시절부터 매료되었던 자신의 꿈의 세계를 담고 있다. 그 꿈들을 그녀는 "때때로 어떤 꿈은 너무 복잡해서 깨어나면 그 기억이 단지 희미하게만 남아 있곤 한다. 깨어 있는 상태에서 우리가 살고 있는 세상과 세상을 추구하고 해석하도록 도와주는 지성은 불행하게도 매우 제한돼 있기에, 우리는 그 꿈을 가능하게 하고 우리가 그것을 기억할 수 있는 방법으로 사용하는 여타 논리적 기반을 더이상 가지지 못한다. 또한 만약 그와 같은 꿈을 꾸는 복잡한 상황을 말로써 표현하고자 시도한다면, 소위 '난센스'라는 필연적인 결과에 이를 뿐이다. 왜냐하면 우리의 언어는 논리와 매우 다른 유형에 속하기 때문이다"라고 설명하고 있다.

노은님과 함부르크

삶의 고통은 평범한 육신 속에 잠들어 있던 예술적 혼을 흔들어 깨우는 것이 아닐까. 1970년 독일 간호 보조원을 지원하여 함부르크로 떠났던 노은님은 낯선 이국땅이 주는 고독에서 벗어나기 위해 그림을 그리기 시작했다. 그녀는 화선지 위에 자연물을 두꺼운 묵선으로 간단하게 마무리함으로써 단아하면서도 서정적인 작품세계를 펼쳐 보였다. 화선지 위의 묵선은 우리의 마음에까지 스미어 메마르고 지친 영혼을 위로한다.

생을 구원하는
이 고운 묵선墨線

　　이제 내 나이 쉰이 넘으니 한국에서 태어나고 산 세월의 반 이상을 독일
의 함부르크에서 지낸 셈이다. 무슨 영문인지도 모르고 엊그제 벙어리가
된 채 독일로 팔려온 것 같은데, 벌써 27년이 지났으니 세월이 참 빠르
다……

　　공원의 긴 의자에 할 일 없이 앉아 있는 노인들이 부럽다. 그 긴 세월을
잘 넘겼으니 말이다. 나는 아직도 가끔 낚시꾼에게 붙잡혀 온 물고기처럼
퍼덕거린다. 내게 예술이 없었다면 아마도 미쳐버렸거나 죽어버렸을지 모
른다. 독일은 나의 그림쟁이 소질을 발견하고 키워준 고마운 나라다.

　　　　　　　　　　　　　　　　　　　　─노은님, 『내 고향은 예술이다』에서

　　물과 자유의 도시 함부르크다. 베를린에서 이곳까지 오는 자동차 안
에서, 언젠가 읽었던 화가가 쓴 글의 글귀가 차창으로 스치는 풍경처럼
토막토막 떠올랐다. 그 뒤로 처음 그녀를 만났을 때의 독특한 인상이
겹쳐졌다. 어떤 외국 아트페어의 전시장이었는지, 국내 화랑이었는지

기억은 확실치 않지만 어쨌든 어린애 그림처럼 보이는 커다란 물고기 그림들 사이에 서서 금방 잠에서 깬 듯 부스스해 보이는 얼굴과 머리모양으로 천진하게 웃던 모습이다.

그 모습은 수년이 흘러 그녀가 재직하는 이곳 함부르크의 한 미술대학 연구실에서 다시 만났을 때도 변함이 없었다. 방학이었지만 이 학교에서 매년 시행하는 '여름 아카데미' 때문에 눈코 뜰 새가 없다는 그녀는, 내게 대학 실기실의 이곳저곳을 서둘러 보여주고 나서는 어서 시내로 나가자고 재촉했다. 성 요하네스 교회당과 한 개인병원에 설치된 자신의 작품을 보여주고 싶다고 말했다.

교회당으로 가는 차 안에서 그녀는 독일과 같은 나라에서 아시아 미술가로 사는 어려움을 토로했다. 공모전에 입상하거나 시에서 주는 후원금을 받을 때 혹은 건물에 조형물을 설치할 때마다, 그녀와 친했던 미술가 친구들이 꼭 한두 명씩은 떨어져나간다고 씁쓰름하게 웃었다. 길가에 나뒹구는 돌멩이 같던 자신을 발견하여 숨은 보석으로 빛나게 해준 독일이 고맙기는 하지만, 예술가들의 세계는 숨막히는 경쟁의 연속으로 꽉 차 있을 뿐이라고 깊은 한숨을 내쉬었다.

특히 아시아인인 자신을 바라보는 따가운 시선을 느낄 때면 별수없는 이방인임을 실감하게 되고, 그런 날엔 어렸을 적 개구리 울음소리 들리던 시골 툇마루에서 쏟아질 듯한 별무리를 보며 누워 있던 때가 왈칵 그리워진다고 했다.

차창으로 지나치는 함부르크 시내의 풍경은 독일의 여느 도시같이 지나치게 정돈되고 깔끔한 느낌보다는 텁텁한 항구도시의 분위기를 드러내고 있었다. 나는 도시의 그런 분위기가 이 아시아의 화가에게 묘하게 맞는 것 같다고 느꼈고, 그녀도 고개를 끄덕여 동의했다. 확실히 머리끝에서 발끝까지 논리적이고 이성적인 이 독일사회와, 그림도 사람도 뭉실뭉실한 자신이 천생연분으로 조화되는 데가 있는 것 같다며 웃었다.

어쩌면 바로 그런 점 때문에 과거 간호보조원과 면사무소 직원으로 전전하던 자신이 생각지도 못했던 화가가 되고 대학교수까지 되어 독일땅에 발붙이고 사는 것 아니겠느냐고 했다. 하지만 때때로 의식의 맨 밑바닥에서는 언젠가 돌아가야 할 것 같다는 생각이 불쑥 고개를 쳐들곤 한다고 했다.

어쩌면 함부르크가 항구도시이자 상업도시여서 배가 들고 날 때마다 사람이 들어오고 떠나는 것을 바라보며 더 그러는 것 같다고 했다. 이야기를 나누던 중에, 차는 고풍스러운 한 교회당 앞마당에 섰다. 그녀가 보여준 교회당의 유리그림은 종교적인 엄숙주의 같은 것은 느낄 수 없이 동화적이고 밝은 내용이었다. 그것은 갤러리처럼 꾸민 병원 벽그림에서도 마찬가지였다. 이 어린아이와 같은 순진성과 동화세계야말로 무겁고 딱딱한 독일 미술계가 그녀를 받아들인 이유라고 나는 생각했다.

마지막으로 가본 그녀의 화실은 한 낡은 빌딩의 3층에 있었다. 넓지 않은 공간은 그리다 만 그림들과 재료들로 북새통같이 어지러웠다. 주로 한지에 먹물로 그린 검은 새며 물고기 같은 추상들 속에서 그녀는 "이것들이 나를 건졌어요"라고 말했다.

"독일말도 못하는 채 처음 왔을 때 참으로 막막했어요. 병원 일이 끝나면 숙소에 돌아와 자폐증 환자처럼 그림만 그렸지요. 그림 그리기만이 유일한 숨쉬기였고 탈출구였어요. 어느 날 우연히 내 그림을 본 간호부장이 함부르크 미술대학의 한 교수에게 소개했는데 그길로 특례입학이 되어 미술대학생으로 변신했어요. 6년여 동안 병원 밤근무를 하

화가의 얼굴
독일에서 뒤늦게 화가로 변신한 노은님. 그림에 대한 천부적 재능을 발견해준 독일이지만,
지금도 고향의 개구리 소리와 별무리는 가장 그리운 대상이다. 그래서인지 단순한 선으로
구성된 그의 그림에는 한국적 아름다움이 있다.

면서 대학에 다녔는데 동양에서 온 사투리 같은 나의 투박한 그림이 먹혀들기 시작했지요. 때마침 독일에서는 현학적인 미술이론과 논리정연한 그림을 지겨워해서 손맛이 나는 '못 그린' 그림에 매료되는 시기였고…… 뚝배기 맛 같은 투박한 내 그림이 그들의 눈에 띄기 시작한 겁니다. 그러나 정작 미술대학을 졸업하고 나서는 다시 광야에 팽개쳐진 듯 막막했지요. 수년간의 악전고투 끝에야 마침내 화가로서 겨우 한자리를 차지하게 되어 국제 아트페어에 얼굴을 내밀면서 상업 화랑들과도 관계를 맺게 되고, 미대 교수까지 되었어요."

그녀는 자신이 새, 나무, 풀, 물고기, 별 같은 자연의 세계를 그리는 이유는 그 속에서 고향을 발견하기 때문이라고 했다.

"어릴 적 친구였던 맑은 시냇물 속의 민물고기와 풀밭의 날것들이 내 그림으로 줄줄이 나오는 것을 독일 사람들은 기이하게 봅니다. 그들은 꼼지락거리는 그 원초적인 생명체들에 매료되는 것 같아요. 사람은 결국 이렇게 나이 먹고 어른이 되어도 자기를 키워준 유년의 환경에서 한 발짝도 못 벗어나는 듯해요."

이 대목에서 나는 다시 문득 그녀가 바로 위의 언니에게 썼다는 편지 한 토막이 떠올랐다.

어느 날 언니는 내게 편지를 했다. 이젠 조용히 그림을 그리며 먹고살고 있다는 내 소식에 대한 답장이었다. 편지에서 언니는 도대체 어떤 사람들이 그런 그림을 사는지 궁금하기만 하고, 어떻게 그림으로 먹고살 수 있는지 이해가 안 간다고 했다. 난 그림으로 사는 것이 아니라 사실은 동물을 팔아 사는 것이라고 답장을 해주었다.

이국땅 독일에서 뒤늦게 화가가 된 한국 여자 노은님. 나는 그녀를 볼 때마다 한 사람의 인생이 이렇게도 바뀔 수 있는 것이로구나 하고 경탄하지 않을 수 없다. 삼십여 년의 독일 생활 속에서도 한국의 들길에서 만남직한 시골 아주머니의 분위기를 그대로 간직한 그 여자 노은님은, 몸은 독일에 있지만, 정신은 여전히 그녀가 자란 한국의 시냇물과 들판을 맴돌고 있다. 그 여자야말로 두 개의 세계를 한 가슴에 끌어안고 사는 불가사의한 여자였다. 알 수 없는 생명체와 부호로 가득한 그녀의 그림처럼 말이다.

노은님의 삶과 예술   재독 화가 노은님(盧恩任, 1946~)은 전북 전주에서 구 남매 중 셋째로 태어났다. 스무 살 때부터 의학 공부를 했으나 모친상과 아버지의 사업 실패를 동시에 겪으며 학업을 중단하고, 9개월 과정의 간호보조교육을 받은 뒤 한동안 포천군 면사무소에서 결핵관리요원으로 지냈다. 스물다섯 살이 되던 해인 1970년 파독 간호사 모집공고를 보고 독일로 떠났다. 2년 뒤인 1972년의 어느 날, 함께 일하던 간호장이 우연히 그녀의 방에 가득 쌓인 그림들을 보게 된다. 일이 끝나면 달리 할 일이 없었던 그녀가 틈틈이 그렸던 그림들이었다. 그녀의 그림을 보고 간호장은 '여가를 위한 그림'이란 제목으로 병원 회의실에서 첫 전시회를 열어주었다. 그리고 이 전시 작품들이 파울 클레의 제자인 함부르크 국립조형예술대학 한스 티만 교수의 눈에 띄어 이듬해 1973년 국립조형예술대학에 입학하게 된다. 밤에는 일하고 낮에는 미술 공부를 하던 그녀는 간호사 계약이 끝나자 공부에만 전념했으며, 1979년 학교를 졸업한 뒤에는 전업화가의 길을 걷게 된다. 1990년부터 함부르크 국립조형예술대학의 교수로 재직하고 있다. 독일산업회 미술작가상 등 많은 상을 수상했으며, 세계 각지에서 꾸준한 창작과 전시활동을 하고 있다.

이응노와 파리

왜 파리로 갔나. 새로운 공기를 호흡하는 데 주저함 없는 청춘도, 화려한 색채와 붓놀림을 뽐내는 서양화가도 아닌 이가. 이응노의 작업실이 있는 보쉬르셴에 이르자 그런 의문은 서서히 풀렸다. 마치 그의 고향 홍성에 온 듯했다. 쉰을 넘긴 동양화가 이응노는 자기 그림에 대해 말하고 싶었을 것이다. 또 외치고 싶었을 것이다. 그리고 아내 박인경 여사의 말처럼 어쩌면 그는 배우기 위해서가 아니라 가르치기 위해 파리에 간 것일지도 모른다. 그리하여 오만한 파리 화단이 마침내 고개를 끄덕이며 그에게 박수를 보내게 될 때까지.

이역 하늘로 스러져간
군상들

'파리병病'이란 것이 있다. 우리 근대의 예술가들이 자주 걸렸던 병
이다. 현미경으로도 보이지 않는 고약한 바이러스에 의해 감염된다.
그 바이러스의 이름은 고독과 불안, 허무와 광기다. 증상은 미열 그리
고 현실감 상실이다. 일찍이 반듯한 양반가문의 여성화가 나혜석도,
근대 중국의 여성화가 판위량潘玉良도 파리 체험 후 이 병에 걸린 적이
있다.

현대예술의 본거지가 뉴욕으로 옮겨가버린 지 오래건만 아직도 파리
병을 두려워 않고 지구의 곳곳에서 고향 떠난 예술가들이 잇따라 도시
에 몰려든다. 밤낮을 갈아타는 기나긴 여로에도 그들은 왜 파리를 찾고
또 찾는 걸까.

1950년대 후반, 파리를 찾아온 제3국의 화가 중에 이응노가 있었다.
특이하게도 그는 동양화가였다. 게다가 그는 이미 쉰을 훌쩍 넘긴 나이
였다. 먹 갈아 사군자 치고 종이 위에 붓으로 우리 산천을 그리던 그는
파리에 와서 동과 서를 조화시키면서 농사꾼처럼 예술의 자기 이랑만

갈다가 떠났다. 연장은 삽과 곡괭이가 아닌 먹과 붓이었다. 다른 점이 있다면 한국에서 자연을 그리던 것이 파리에선 문자를 그리고 인간을 그리는 일로 바뀌었다는 점뿐.

중국 화가 우창숴吳昌碩는 "쉰이 되어 나는 밭이랑을 걸어나와 한 건물에 들어갔다. 거기 종이와 붓과 먹이 있었다"고 쓴 적이 있다. 여기서 '밭'은 자신이 사는 세상을 이른다. 1950년대 후반 쉰 넘은 나이에 이응노는 밭이랑을 걸어나와 비행기를 탔던 것이다. 통념상 50대 중반이라면 자기 세계의 집을 짓고 들어앉고 싶은 나이다. 문밖을 나서기가 쉽지 않은 나이다. 더구나 그는 동양화가였다. 먹 찍어 종이 위에 산과 들과 나무를 그리던 일에 익숙한 사람이었다.

그런 그가 찬밥 비벼 먹은 후 완행열차 타고 무작정 상경하듯 어느 날 홀연히 파리로 떠난 것이다. 파리는 지금껏 그가 그려온 농경문화의 도시가 아니었다. 세련이 극에 달한 문명과 문화의 도시였다. 그는 산수화가 아닌 추상화의 실험을 시작했다.

산과 달과 학을 그리던 화가 수화樹話 김환기金煥基는 뉴욕에 건너가 마치 뉴욕의 고층빌딩을 연상시키듯 끝없는 점찍기의 추상화를 그렸다. 그러나 그의 추상화 속에는 두고 온 고향의 달과 학과 산이 숨어 있었다.

이응노 역시 마찬가지였다. 이역의 땅 파리에서 향토적이고 독특한 추상을 시도했던 것이다. 이응노는 또한 '동양미술학교'를 열고 한국의 미적 감각을 프랑스 사람들에게 전달해갔다.

연인과 사랑을 소곤거리는 프랑스어와 낮게 깔리는 상송, 살짝 부딪치는 와인 잔과 저녁 안개 너머로 불빛을 달고 떠오르는 에펠탑의 모습. 늦은 나이에 이응노가 파리를 찾은 것은 적어도 대책 없는 파리병에 걸렸기 때문은 아니었을 것이다. 미술의 본고장이라는 곳에 와서 그는 어떤 형태로든 자기 그림에 대해 말하고 싶었을 것이다. 묻고 싶었을 것이다. 외치고 싶었을 것이다. 그리고 이런 물음과 외침에 대해 오만한 파리 화단은 마침내 고개를 끄덕였고 혹은 손뼉을 쳤던 것이다.

한강을 거슬러 팔당에 이르듯 나는 저만치 센 강을 바라보며 석양의 퐁투아즈 길을 달려 이응노의 아틀리에가 있는 보쉬르센을 찾아간다. 한 시간 넘게 달려서야 파리 외곽의 오래된 마을 보쉬르센의 역이 나타난다. 중세의 수도사들이라도 모여 사는 것처럼 무겁게 가라앉은 그곳에는 인적이 없다. 어둠이 내리기 시작하는 마을 어디선가 컹컹 개 짖는 소리가 들린다. 꼭 이응노의 고향인 홍성이나 예산쯤에 온 느낌이다. 저만치 벌판 너머로 삽교천, 금마천 같은 센 강이 희끄무레 흘러가는 모습이 더욱 그렇다.

망명 예술가의 자취를 더듬을 때마다 내게는 주변 산수를 유심히 둘러보는 습관이 생겼다. 그때마다 혼자서 고개를 끄덕이곤 한다. 그들은 용케도 고향땅 비슷한 곳을 찾아내 거기에 짐을 풀었던 것이다. 이응노의 경우도 예외가 아니었다.

"그이는 파리에 그림을 배우기 위해 온 게 아닙니다. 오히려 가르치기 위해 왔다고 생각해요."

사방이 남편의 작품으로 둘러싸인 아틀리에에서 부인 박인경 여사는 그렇게 말했다. 정령들처럼 빼곡하게 들어차 있는 남편의 작품들 속에서 내밀한 남편의 손길과 호흡을 그대로 느낀다고 말했다. 그녀는 남편의 십 주기를 맞아 퐁피두센터 근처 가나보브르 화랑에서 아들과 제자 이십여 명의 작품을 모아 '이응노 추모전'을 연 바 있다. 그리고 그가 잠든 파리 공원묘지 '페르라세즈'에서 추모식을 했다. 그때 그녀는 이렇게 독백했다고 한다.

파리, 파리, 파리
수많은 예술가들의 그리움의 도시 파리. 고암도 결국 늦은 나이에 이 도시를 찾고 만다.

"당신은 승리자입니다. 두 번의 정치적 시련과 옥고에도 작가정신이 꺾이지 않았고, 온갖 편견과 몰이해에도 동양미술학교를 처음 세웠으며 자연과 인간과 추상에 이르기까지 지칠 줄 모르고 실험을 했던 당신은 진정한 예술의 승리자였습니다. 당신이 예술의 승리자였다는 사실을 다른 사람 아닌 당신과 가장 가까이 있던 내가 증언하렵니다."

고암 이응노의 삶과 예술　　고암 이응노(李應魯, 1904~1989)는 충남 홍성에서 태어났다. 열다섯 살 무렵 홀로 상경해 당대 화단의 대가였던 해강 김규진 문하에서 서예와 묵화를 배웠다. 1924년 제3회 조선미술전람회에서 입선했다. 그러나 이후 계속해서 입선작을 내지 못하다가 1931년 제10회전에서 특선을 하며 다시 주목을 받게 되었고 이후 11, 12, 13회전에서 연속으로 입선했다.

1935년 도쿄에서 일본 남화 2대가의 한 사람인 마쓰바야시 게이게쓰松林桂月에게 가르침을 받았으며, 가와바타 미술학교와 혼고 회화연구소에서 각각 동양 전통회화와 서양화를 배웠다.

1945년 3월 귀국해 고향 근처의 예산 수덕사 인근에 정착하는데, 당시 이곳에 와 있던 나혜석에게 큰 영향을 끼치기도 한다. 그러다 8월에 해방을 맞자 즉시 상경하여 조선미술건설본부의 일원이 되었고 화단의 몇몇 동료와 함께 단구미술원을 조직하는 등 활발한 작품활동을 전개했다.

1957년 뉴욕 월드하우스갤러리 주최의 현대한국미술전에 출품하면서 국제무대에 진출하게 된 고암은 이를 계기로 1958년 프랑스 평론가 자크 라센느의 초청을 받아 프랑스로 건너가게 된다. 당시 앵포르멜 운동을 주도한 전위적 화랑이었던 파케티 화랑과 전속계약을 맺은 그는 1961년 첫 개인전에서 그동안의 수묵화 기법에서 벗어나 과감한 종이 콜라주 기법을 사용한 추상작품을 발표해 눈길을 끌었고, 후기 그의 대표적 작품 경향인 문자 추상 역시 이 시기에 그 초기 형태가 이미 생겨났다. 1964년부터는 동양미술학교를 세워 서양인 문하생들을 가르치기 시작했다.

고암은 1967년에 6·25전쟁 때 헤어진 아들을 만나기 위해 베를린에 갔다가 동백림 사건에 연루되어 2년간 옥고를 치렀다. 그러다 프랑스 정부 주선으로 석방, 다시 파리로 돌아갔다. 그리고 이 시기 문자 추상 계열의 작품들을 본격적으로 창작했다.

그러나 1977년에 다시 피아니스트 백건우와 영화배우 윤정희 부부의 북한 납치미수 사건의 배후로 지목되면서 1989년 작고 이전까지 국내활동이 전면 중단되었다. 그러나 고암은 늘 조국의 현실에 관심을 두고 있었으며, 특히 1980년의 광주민주화운동은 그에게 새로운 주제가 되기도 했다. 수천수만 명의 민중의 모습을 형상화한 '인간군상' 시리즈는 조국에 대한 그의 마음을 잘 드러내고 있다. 그러나 고암은 자신의 국내 전시회를 앞둔 1989년 끝내 고국으로 되돌아오지 못하고 파리에서 생을 마감했다.

광주민주화운동과 '군상' 시리즈   그는 1964년부터 '군상' 작품을 제작하기 시작해 1989년 1월 숨을 거둘 때까지 수백 점의 작품을 그렸다. 특히 광주민주화운동 이후 더욱 '군상' 작품에 몰두했다. 그의 작품 중 여러 명의 인간을 그린 일련의 작품을 '군상' 시리즈라 하며, 특히 1980년대에 제작된 작품들을 '통일무' 시리즈라고 한다.

광주민주화운동 이후 30~40대의 청년 작가들을 중심으로 민중미술운동이 일어났으나, 기성세대 작가 중에서는 고암 이응노가 가장 큰 작품세계의 변화를 보여주었다고 할 수 있다.

그는 일본의 화가 도미야마 다에코와 프랑스 파리에서 한 인터뷰 기록인 『이 응노—서울·파리·도쿄』에서 다음과 같이 밝히고 있다. "나의 그림은 추상적인 표현이었으나, 1980년 5월 광주사태가 있고 나서부터 좀더 사람들에게 호소하는 구상적인 요소를 그림 속에 가져왔다. 2백 호의 화면에 수천 명 군중의 움직임을 그려넣었다. 우리나라 사람들은 이 그림을 보고 이내 광주를 연상하거나, 서울의 학생 데모라고 했다. 유럽 사람들은 반핵운동으로 보았지만, 양쪽 모두 나의 심정을 잘 파악해준 것이다."

고암의 조카인 도예가 이강세는 고암이 "이 그림처럼 조국통일이 되는 날이 오면 우리 민족의 동포들이 기쁜 마음으로 춤을 추게 될 것이며, 나는 이러한 작업을 할 때 의무와 기쁨을 함께 느끼고 있다"고 말했다고 밝혔다. 이것이 '통일무'라는 이름의 유래가 되었다. 이 '군상' 시리즈에 담긴 '군상'은 광주민주화운동 당시 거리를 메운 군중이며, 이 군상이 만들어내는 움직임은 통일이 왔을 때에 벌어질 기쁨의 춤이다.

빅토르 최와 상트페테르부르크

"내게 한 모금의 물을 한 모금의 자유를, 거리의 제단마다 타오르는 불길, 꽃 대신 타오르는 불길, 목이
말라 목이 말라 내게 한 모금의 자유 한 모금의 물."

모스크바 아르바트 거리의 청년들에게 물었다. "빅토르 최를 아느냐?" 둘 중 하나가 큰소리로 웃었다.
"그런 식의 질문이 어디 있느냐. 최소한 그의 생일과 사망일을 아느냐라든지, 그의 노래 〈혈액형〉이나
〈변화〉를 부를 줄 아느냐고 물어야지." 다른 사람이 대답했다. "그의 묘소에 언제 다녀왔느냐고 물어도
질문이 된다." 빅토르 최의 제단. 그곳에서는 아직도 그의 노래가 불리고 있었다. 그것도 가장 자유롭고
반항적인 청년들에 의해. 청년들은 약속대로 그의 제단에 노래라는 자유의 물 한 모금을, 노래라는 타오
르는 불길을 바치고 있었다.

대지를 적시는 자유와
저항의 노래

여기는 모스크바. 밖에는 눈이 내리고 있다. 나는 지금 자정에 출발하는 상트페테르부르크행 특급열차인 '붉은 화살'을 타고 있다. 4인 1실의 침대칸 '쿠페'에는 위층에 두 명의 러시아 사내가, 아래층에 금발의 러시아 미녀가 타고 있다. 문제는 옆 침대의 미녀. 팔을 뻗으면 닿는 거리에 있는 그녀의 육체가 눈앞 가득 출렁인다. 유혹은 눈에서 오나니, 돌아누워 잠을 청해보건만 꼴깍 침 삼키는 소리가 천둥소리 같다. 그래도 깜박 잠이 들었는지 눈을 뜨니 희부옇게 새벽이 열리고 있다.

자다 깨다, 러시아에는 이렇게 일주일씩 설원을 달리는 기차도 있다 한다. 성에가 낀 창밖으로 물안개 속에 굽이돌아 흐르는 강줄기가 보인다. 막 베어낸 통나무에서 김이 피어오르는 트럭들이 숲에서 나와 지나간다. 트럭 위에 앉은 나무꾼들이 손을 들어준다. 산더미같이 나무를 실은 트럭들이 끝도 없이 스쳐지나간다. 숲이 깨어나고 아침이 깨어나는 시각이다. 자작나무 숲을 날아오르는 수십 마리 새떼에 화르르 눈꽃이 진다. 목련꽃 피는 것을 보며 서울을 떠나왔는데 목련 같은 눈송이

들이 혼령처럼 나부낀다. 저런 순백의 영혼 하나를 좇아 나는 지금 상트페테르부르크로 가고 있는 것이다. 빅토르 최, 대지를 적시는 음유시인의 자유와 저항의 노랫가락을 찾아서.

북쪽의 베네치아라 불리는 상트페테르부르크, 이 수많은 다리와 운하의 아름다운 도시를 사람들은 러시아의 진주라고 불렀다. 유서 깊은 문화와 예술의 도시이자 페레스트로이카의 열풍이 먼저 일어났던 진보적인 도시이기도 하다. 십 년 전, 나는 베를린에서 비자를 받아 이곳에 왔다. 아직 공산주의 체제 아래였지만 구체제가 무너지는 소리가 연일 굉음을 냈다. 그때 러시아는 앓고 있는 짐승처럼 보였다. 어느 날 묵고 있던 호텔에서 인기척에 문을 여니 한 중년 여인이 머뭇거리며 서 있었다. 깊게 팬 옷에 어울리지 않는 진한 루주를 바르고 있었다. 그녀는 서투른 영어에 슬픈 표정으로 물었다. 막심 고리키의 '어머니'처럼.

"혹 내 몸이 필요치 않습니까? 아이가 앓아 누워 있습니다."

상트페테르부르크는 그때와 별반 달라 보이지 않았다. 다만 무너진 한 체제를 이어 다른 체제가 들어선 것과 당시의 두 주역 고르바초프와 빅토르 최가 사라졌다는 것이 달라진 점일 뿐. 빅토르 최는 사라졌지만 그의 교도들은 아직 흩어지지 않고 있다. 흩어지기는커녕 더욱 견고하게 뭉쳐 있다.

기차에서 내려 아침의 역광을 받으며 걸어나오면서부터 나는 곳곳에서 빅토르 최의 냄새를 맡고 있었다. 역 앞 눈발 날리는 석탄 더미 앞에서 검은색 가죽 재킷에 착 달라붙은 가죽바지를 입은 장발의 두 청년이 기타를 뜯으며 노래를 부르고 있다.

트롤리버스(전기버스)가 지나가기를 기다려 그들에게 다가갔다. "빅토르 최를 아느냐?" 둘 중 하나가 큰소리로 웃었다. "그런 식의 질문이

어디 있느냐. 최소한 그의 생일과 사망일을 아느냐라든지, 그의 노래 〈혈액형〉이나 〈변화〉를 부를 줄 아느냐고 물어야지." 다른 사람이 대답했다. "그의 묘소에 언제 다녀왔느냐고 물어도 질문이 된다." 그러고 보니 그들은 빅토르의 복장에 빅토르의 배지를 달고 있었다. 그들은 빅토르교의 교도들이었다. 나는 사과하고 다시 물었다. "그의 묘소는……" "라바라토르 대로 4번지로 가보라. 그곳 보고슬로브스코예 클라드비세('신학자의 묘'라는 뜻의 공원묘지)에서 잠자고 있는 빅토르를 만날 수 있을 것이다. 우리는 어젯밤에 다녀왔다."

나는 그들이 불러준 지명을 숨가쁘게 우리말로 옮겨 적고 지글리(택시)를 탔다. 이른 시간이었는데도 젊은이들이 모여드는 넵스키 대로에는 여기저기 검은 재킷에 검은 바지의 젊은이들이 기타를 치고 있는 모습이 보였다. 곳곳에 빅토르의 교도들이었다. 이 거리에는 그의 음울한 노랫소리뿐 아니라 그의 살냄새까지 깊숙이 배어 있다. 그의 육신이 오래전 이 도시를 떠났다는 것이 도저히 실감나지 않을 정도였다.

지난 십 년, 실로 수많은 젊은이가 그를 따랐다. 러시아 전역에 그의 배지를 달고 다니는 젊은이들이 백만 명이 넘었고 모스크바 올림픽 주경기장에서 있었던 그의 마지막 공연에는 십만 명이 모였다. 페레스트로이카의 정치인 고르바초프는 그의 힘이 필요했다. "동지, 함께 일합시다." 그는 빅토르에게 손을 내밀었고 그 순간 블리히나 거리 15번지 보일러실 화부 출신의 록가수는 러시아 혁명사에서 또하나의 별이 되었다. 그러나 모스크바 공연 두 달 뒤인 1990년 8월 15일 그는 의문의 교통사고로 죽고 만다. 드라마도 그런 드라마가 없었다. 꿈같은 그의 고국(아버지의 고국이었지만), 한국 서울에서의 공연을 눈앞에 둔 시점이기도 했다.

보수파와 개혁파의 갈등 속에서 자유와 개혁의 열풍을 두려워한 KGB가 암살했다는 설이 파다했지만 그의 죽음은 아직도 규명되지 않고 있다. 아직도 수많은 사람이 그의 죽음이 우연은 아니라고 믿고 있는 것이 현실이다.

키 큰 자작나무 숲의 묘원 앞에서 한 노파에게 '욜카'(꽃 이름) 한 묶음을 사서 빅토르의 묘를 찾아간다. 발이 빠지는 하얀 눈길이 끝 간 데 없고 텅 빈 하늘을 둥글게 돌며 자꾸 까마귀가 울어댄다.

장발의 옆모습을 도드라지게 새긴 청동 조각의 빅토르 최 묘소 주위는 사진과 목각화와 메모와 꽃들로 어지러웠다. 해마다 그가 죽은 날에는 이른 아침부터 이곳에 팬들이 모여 밤을 새워 노래한다고 한다. 비석에 붙어 펄럭이는 종이 가운데에는 이런 글귀가 적혀 있었다.

"비짜(빅토르 최의 애칭)는 죽지 않았다. 단지 그는 천국으로 공연 여행을 떠났을 뿐이다. 공연이 끝나면…… 그는 다시 돌아올 것이다."

새하얀 겨울궁전 에르미타주 국립미술관에서 만난 팬클럽 소녀는 이렇게 말했다. "노래가 세상을 바꿀 수 없을지 몰라도 빅토르 최는 우리를 바꾸었어요." 빅토르 최의 배지를 단 검은색 재킷 차림의 그녀는 인상파 화가의 사과와 은장도를 따라 그리고 있었다.

"당신이 진정으로 빅토르의 혼과 만나기를 원한다면 블리히나 거리 15번지를 찾아가세요. 러시아 록의 성지로. 어둠이 내리고 도시가 눈에 갇히기 전에 어서. 유리창 너머로 흐린 불빛이 새어나오는 지하 보일러실, 빅토르가 일하던 그곳에는 아직 석탄의 불길이 거세게 타오르고 있을 거예요. 검은 빵 한 조각과 커피 한 잔으로 밤을 새우며 그곳에서 그는 우리를 위해 위대한 노래를 만들었답니다. 그 일은 이제 신화가 되었어요. 거리가 눈에 잠기기 전에 어서 지글리를 타세요. 신화를 만나

세요."

빅토르 최의 '아이들'은 거의 늘 그런 식이었다. 비밀결사의 점조직처럼 홀연히 흩어지는가 하면 일사불란하게 무리를 만들었다. 밤이면 빅토르의 팬들이 몰려드는 루빈시타이나 13번지나 록음악 상점이 있는 카라반나 22번지 같은 상트페테르부르크의 모든 거리와 골목이 그들의 땅이었다.

하지만 막상 블리히나 15번지는 쉽게 나타나지 않았다. 더구나 하늘을 빽빽이 메우던 눈은 이내 시야를 지워버렸다. 차가 신호대기로 설 때마다 기사는 유리문을 열고 "블리히나 거리"를 외쳐댔지만 그때마다 사람들은 고개를 저었다. 불길한 시대에 떠오른 예언의 목소리는 날아가버린 새처럼 자취가 없었다. 그제야 나는 덜컥 겁이 났다. 이 시간 러시아에서는 마피아가 슬슬 움직인다는 말도 생각났다. 더구나 이곳은 러시아 말 외에는 어떤 언어도 통하지 않는 곳이었다. '혼자서 무작정 떠돌아다니는 이런 짓일랑 이젠 제발 그만두어야 해' 하며 자신을 꾸짖었다. 시내를 몇 번 빙빙 돌고 어둑해질 무렵에야 '15'라는 글자의 낡은 건물 앞에 다다를 수 있었다.

그 건물부터 뒷마당에 이르는 벽은 온통 빅토르에 관한 글과 그림으로 가득찬 광란의 캔버스였다. 불길이 혀를 널름거리는 지하 보일러실의 문을 세게 두드렸지만 아무 기척이 없었다. 다시 몇 번을 두드리자 한참 만에야 문을 열어준 보일러실 사내의 어깨 뒤로 과연 거세게 타오르는 석탄 불길이 보였다. 저 거센 불길이 불의 철학자 가스통 바슐라르처럼 그를 불의 가수로 몰고 갔을까. 지하감옥처럼 어둡고 비좁은 그곳은 밥 딜런, 존 레넌 같은 가수들의 사진으로 빈틈이 없었다.

"때로 그는 먹지도 자지도 않고 곡을 썼지요. 대개 일이 끝나는 늦은

저항의 음유시인
그룹 키노를 이끌며 문학성과 사회성 강한 노래를 불러 신화가 되었다.

밤에야 자기 일을 시작했어요. 밤새 만든 곡을 새벽녘 기타와 함께 흥얼거리는 소릴 듣는 것이 참 감미로웠어요. 그의 곡을 세상에서 내가 맨 처음 듣곤 했죠."

그와 함께 일했다는 세르게이 피르소프의 말이었다. 벽에는 아내와 어린 아들과 함께 찍은 '행복했던 날'의 사진도 보였다. 그의 아내를 좀 만나보고 싶다고 했지만 사내는 곤란한 기색을 보였다. 내 거듭된 부탁에 겨우 전화를 돌렸지만 "남편에 관한 슬픈 추억들을 다시 들추고 싶지 않다"는 것이 마리안나 최의 답변이었다.

아들 샤샤가 아빠를 닮아 소년 음악가가 되어 지난 2월 시내 스파르타 클럽에서 연주회를 했다며 그 아이를 제2의 빅토르 최로 키우는 것이 그녀의 꿈이라고 했다. 남편의 조국에서 온 분이니 만나야 되겠지만 남편에 대한 모든 것을 다시 들추기가 괴롭다는 것이 세르게이가 전해준 말이었다. 나는 고개를 끄덕였다. 아쉬웠지만 더 졸라대는 것도 못할 짓이라고 생각했다. 젊은 작가인 그녀는 몇 해 전 빅토르 최가 이끌던 그룹 '키노'의 멤버 알렉세이 르이빈과 공저로 『빅토르 최 평전』을 펴낸 바 있다. 그 평전의 첫 장에는 빅토르의 반항적인 옆모습과 함께 자신의 최후를 예감한 듯 자필로 쓴 이런 문구가 적혀 있었다.

"우리는 먼저 익은 열매, 죽음의 신은 우리를 먼저 덮칠 것이다."

이런 글도 보였다.

"내가 사랑한 것은 레닌그라드(상트페테르부르크의 옛 이름)의 달과 별, 나는 모스크바를 싫어한다."

싫어한다고 했지만 사람들에 떠밀려 결국 그는 정치의 도시 모스크바로 갔고, 예루살렘에 들어선 예수를 환호하듯 십만 군중이 그를 환호했다. 그리고 두 달 뒤, 예수보다도 훨씬 이른 나이에 그는 의문의 교통

사고로 생애를 접게 된다. 결국 그의 일터였던 보일러실을 뒤로한 나는 상트페테르부르크를 떠날 수밖에 없었다. 밖으로 나오니 눈발은 더욱 거세져 있었다. 지나가는 택시를 잡아 공항으로 가서 몇 시간을 기다린 뒤에야 모스크바행 비행기를 탈 수 있었다.

이른바 '빅토르의 제단'은 러시아 전역에 걸쳐 있다. 그 가운데에서도 가장 유명한 것이 모스크바 '아르바트' 거리. 나는 여전히 눈발이 날리는 늦은 아침 그 아르바트 거리로 빅토르 최 제단을 찾아 나섰다. 스타르이(옛것)와 노브이(새것)로 나뉘는 이 문화예술의 거리 끝부분 '예브게니 바흐탄고프 극장' 건너편에 있는 이 제단은 그러나 제단이라 할 만한 것이 못 되었다. 빅토르의 초상과 낙서로 어지럽게 가득 채워진 '빅토르 최의 벽' 한쪽에는 사방 일 미터 남짓의 작은 공간이 마련되어 있었다. 그곳에는 그의 사진과 담배, 꽃들이 어지럽게 널려 있을 뿐이었다. 내가 그곳에 갔을 때는 한 무리의 검은 옷을 입은 청년들이 꽃을 바치고 있었다. 그 무리를 이끄는 듯한 청년은 체중 삼십 킬로그램이나 될까 말까 한 난쟁이였다. 꽃을 바친 후 그들은 노래를 불렀다. 〈혈액형〉〈밤을 보았다〉〈태양이라는 이름의 별〉〈변화〉〈우리 눈앞에〉 같은 빅토르의 노래 다음에 〈한 모금의 물〉이라는 노래도 불렀다.

　　내게 한 모금의 물을
　　한 모금의 자유를
　　거리의 제단마다 타오르는 불길
　　꽃 대신 타오르는 불길
　　목이 말라
　　목이 말라

내게 한 모금의 자유
한 모금의 물

　체제가 바뀌었지만 러시아의 젊은이들은 여전히 목마르다고 했다.
한 모금의 물을 달라고 했다. 모스크바를 떠나던 밤 불길한 꿈을 꾸었
다. 하늘로 날아오르던 검은 새 한 마리가 총에 맞아 떨어지는 꿈이었
다. 붉은 피가 흰 눈밭에 뿌려졌다. 실제로 원혼 같은 새의 울음이 하늘
을 때렸다. 문을 열고 훠이훠이 쫓았지만 소용없었다. 몇 번씩이나 손
짓을 하자 그제야 새는 떠나갔다. 새가 날아간 텅 빈 설원 위로 달빛만
이 싸늘했다.

천천히 읽기

빅토르 최와 '키노'　　빅토르 최(Viktor Tsoi, 1962~1990)는 러시아 록그룹 '키노'의 리더이자 영화배우로 유명하다. 카자흐스탄공화국의 크질오르다에서 태어나 레닌그라드(지금의 상트페테르부르크)에서 자랐다. 세로프 예술전문학교에 다니던 학창 시절, 그의 인생에서 첫번째 그룹 '팔라타 세스토이'(제6병동)를 결성하게 되는데, 이것이 문제가 되어 학교에서 강제 퇴교를 당하게 된다. 이후 기술전문학교에 진학한 그는 '가린과 쌍곡선'이라는 밴드를 결성해 본격적으로 음악을 하기 시작했다.

빅토르는 당시 록그룹 아쿠아리움의 멤버였던 보리스 그레벤시코프의 눈에 띄어 레닌그라드 록클럽 콘서트 무대에서 데뷔할 수 있게 되었다. 첫 무대에서 그는 자신이 직접 작곡한 노래를 불렀고, 참신한 가사와 실험적 음악은 청중을 사로잡았다. 데뷔 직후 그는 멤버를 모아 자신만의 밴드인 키노를 결성한다. 그리고 1982년에 첫 앨범인 '45'(앨범의 재생시간이 총 45분이었기 때문에 붙여진 이름)를 발표했다.

1985년에 키노는 '밤'과 '이것은 사랑이 아니에요'라는 앨범을 발표한다. 또 1986년에도 '레드 웨이브'라는 앨범을 발표했으며, 그해 록클럽 콘서트에서는

'최고의 가사상'을 수상하기도 했다. 빅토르는 〈휴가의 끝〉〈록〉〈긴급구조대〉 등 여러 편의 영화에도 출연했다.

1987년에 발표한 앨범 '혈액형'은 수많은 '키노 마니아'들을 만드는 등 신드롬을 불러일으키며 폭발적인 인기를 누렸다. 소련의 개방 정책과 함께 좀더 강한 정치색을 드러낼 수 있게 되자, 이들 역시 노래에 더 과감한 메시지를 담아냈다. 이 음반에 수록된 대부분의 곡들은 소련의 젊은이들을 향한 자유의 외침이었으며, 그중 몇 개의 노래는 당시 소련의 구체적인 사회문제들을 다뤘다. 이 앨범을 통해 빅토르는 처음으로 전국 순회공연을 했고, '태양이라는 이름의 별'이라는 앨범도 같은 해에 발표했으며, 마지막 작품이 된 영화 〈이글라〉에 출연했다.

1989년에는 미국, 일본 등 해외 공연도 했다. 1990년에는 한국 공연도 예정되어 있었지만 한국 방문을 얼마 안 남겨둔 1990년 8월 15일, 키노의 뮤직비디오를 찍고 숙소로 돌아오는 길에 교통사고로 사망하고 말았다. 그의 차 트렁크에서 최후의 앨범에 수록될 노래가 녹음된 테이프가 발견되었다. 키노 멤버들은 그 위에 자신들의 목소리를 녹음해 유작 앨범인 '검은 앨범'을 발표했다. 이 마지막 앨범의 인기로 빅토르 최는 전설이 되었으며, 아직도 변함없는 사랑을 받고 있다.

끝나지 않는 추모 열기　　빅토르 최는 살아 있는 전설이었으며, 키노의 음악은 1980년대 후반 러시아 젊은이의 상징이었다. 그의 사후에 '빅토르 최'라는 이름의 거리가 카잔, 키예프, 알마아타, 타슈켄트 등지에 연달아 생겨났다. 수많은 러시아의 벽과 담장 등이 "초이는 살아 있다!"와 "키노" 같은 문구들로 뒤덮였다. 특히 모스크바의 중심지이자 예술의 거리인 아르바트 거리 2번지에는 그의 죽음을 애도하는 추모의 벽(일명 '통곡의 벽'이라고 불림)과 제단이 만들어졌다. 그 벽에는 "빅토르! 너는 영원히 우리와 함께 있다" "빅토르, 너는 우리의 삶이다" 등과 같은 추모의 글들이 빽빽이 적혀 있다. 지금까지도 '통곡의 벽' 앞에서는 그의 노래 〈혈액형〉이 늘 흘러나오고 있으며, 많은 젊은이들이 그의 모습이 담긴 배지를 달고 그 앞에 모여 그의 노래를 부르는 광경을 흔히 볼 수 있다. 매년 그의 기일인 8월 15일에는 그곳에서 빅토르 최 추모제가 열린다. 한때 모스크바 시에서 이 벽을 철거하려 했으나, 수많은 팬들의 반대로 계획이 철회되기도 했다.

빅토르 최는 소련 역사를 움직인 13명의 위인 '페레스트로이카의 별' 가운데 한 명으로 이름을 올리기도 했다.

사망 십 주기였던 2000년에는 러시아의 록밴드들이 모여 빅토르 최 헌정 음반을 만들었다. 또 수많은 러시아 가수들에 의해 그룹 키노의 곡들이 리메이크 되고 있으며, 〈혈액형〉은 한국 가수 윤도현 밴드와 한대수 등에 의해서도 리메이크 되었다.

아나톨리 김과 모스크바

모스크바에서의 기억은 차갑고도 따뜻한 느낌을 지닌 한 장의 동판화처럼 남아 있다. 그 그림 속에는 대지와 민족을 화두로 삼아 소설을 쓰는 아나톨리 김이 서 있다. 툰드라처럼 춥고 연륜이 깊은 예술의 나라에서 바늘구멍을 뚫고 떠오른 위대한 한인 작가. 발행부수 150만인 『노브미르』에 작품을 연재하고 톨스토이와 함께 작품이 교과서에 실렸던 소련작가동맹의 중심 작가. 아나톨리 김은 말한다. 돌이켜보니 자신에게 글을 쓰게 한 것은 바로 카레이스키였다고. 슬픈 혼령들이 자연을 통해 우리의 애달픈 삶을 낱낱이 적어달라고 했노라고.

슬픈 카레이스키를
위한 진혼곡

아나톨리 김 선생님, 서울에 돌아왔지만 눈을 감으면 지금도 하나 가득 러시아의 설원이 펼쳐집니다. 아직도 거대한 자작나무 숲을 스치는 기차에 끝없이 흔들려가는 느낌입니다. 이른 아침 김이 오르는, 막 베어낸 목재를 가득 싣고 달리는 트럭에 앉아 손을 흔들어주던 나무꾼들의 모습이 동판화처럼 떠오릅니다. 러시아 흑빵 한 조각과 발효음료 크바스 한 잔을 놓고 저녁 기도를 드리던 가난한 사람들의 모습도 겹쳐집니다.

무엇보다, 좋지 않은 경제상황에도 볼쇼이 극장과 차이콥스키 콘서트 홀과 트레치야코프 국립미술관 앞에 늘어선 줄이 생생합니다. 그 행렬에서 나는 낮고 깊숙한 곳에서 흘러나와 대지를 적시는 볼가 강물처럼 인간의 영혼을 감싸안는 예술의 크고 부드러운 힘을 느낄 수 있었습니다. 그렇습니다. 러시아에서 예술은 온갖 궁핍과 곤란마저 이겨내게 하는 종교 같은 것이었습니다. 물질적인 힘에 무릎 꿇지 않게 하는 최후의 그 무엇이었습니다.

러시아는 특히 문학의 나라였습니다. 19세기 세계문학의 잠을 깨웠던 푸시킨, 고골, 투르게네프, 도스토옙스키 그리고 톨스토이와 체호프…… 다른 나라에서는 한 세기 이상을 두고 이루어진 국민문학의 창조가 러시아에서는 이 문학의 위인들을 통해 단시간에 이루어졌던 것입니다. 특히 위대한 고뇌자 도스토옙스키와 러시아의 정신 톨스토이에 이르면 격정과 광기, 선악과 불안과 긴장이 흑백으로 겹치면서 문학의 황금기를 이룹니다. 그들의 문학은 1825년 지어진 모스크바의 볼쇼이 극장이나 1860년에 지어진 상트페테르부르크 마린스키 극장의 공연을 통해 독특한 리얼리즘의 하나로 나타나기도 했습니다. 인간의 영혼을 꿰뚫는 수많은 작가와 음악가와 미술가와 배우 들 덕분에 러시아의 대지는 늘 풍성했습니다.

그 툰드라처럼 층과 연륜이 깊은 예술의 나라에서 바늘구멍을 뚫고 떠오른 한인 예술가들의 이름은 그래서 더 소중한 것이었지요. 옛 시인 조명희나 성악의 류드밀라 남, 넬리 리 그리고 작곡의 유리 김과 발레의 스베틀라나 최 그리고 가수 아니타 최와 발레리 박…… 러시아 설원에 우리의 혼으로 핀 꽃들이었습니다.

그중에서도 1998년 수많은 러시아 작가들의 서명과 사진으로 벽마다 가득찬 모스크바의 옛 작가동맹 카페에서 선생님과 해후한 일은 각별했습니다. 그해 6월이면 환갑이라셨지만 연해주의 얼음땅과 중앙아시아의 소금땅을 비옥하게 일군 강인한 한인의 후예답게 선생님은 무인처럼 단단한 인상이었지요. 그러면서도 마치 외숙부 같은 친근함이 있었습니다. 핏줄 탓이었을 것입니다.

미술대학을 나와 어떻게 그처럼 세계적인 명성을 떨친 소설가가 되었느냐고 저는 좀 바보 같은 질문을 했지만 유명한 일본 작가 무라카미

류도 미술대학 출신이지 않느냐고 선생님은 웃으며 대답하셨지요. 그
와 더불어 당신은 '기이한 어떤 체험'이 작가로서 출발점이 되었다며
이렇게 설명했지요.

"원래 나는 중앙아시아의 카자흐스탄 아무르 강가에서 태어난 땅의
아들이었습니다. 화가의 꿈을 안고 모스크바로 와 미술학교에 들어갔
지요. 들로 숲으로 다니며 그림을 참 많이 그렸지요. 그러던 어느 날 모
스크바 강에서 작은 배를 타고 무려 사 주를 떠내려갔습니다. 끝없이
이어지는 지평선과 울창한 자작나무 숲, 신비한 저녁놀과 은실로 짠 듯
한 새벽빛, 어디서 오는지 모를 바람 같은 것들에 흘려 글을 쓰기 시작
했어요. 스스로 당황할 만큼 글이 쏟아져나왔습니다. 이런 경우 접신이
라는 말을 써야 할지……"

그러면서 선생님은 자연을 토대로 해서 살아왔다는 점에서 러시아나
한국이 다르지 않다고 말했습니다. 대지의 이야기와 민족의 이야기가
어째서 당신의 문학세계를 붙잡고 있는 두 가지 화두가 되었는지에 대
한 설명이었습니다.

"민족이라는 말만 들어도 나는 가슴이 저립니다. 1989년 처음 한국
에 가기 전만 해도 나는 내 뿌리가 고스란히 그곳에 남아 있으리라는
것을 상상치 못했습니다. 카레이스키(고려인)는 으레 뿌리 없는 유랑의
민족인 줄만 알았으니까요. 처음 선조의 고향인 강릉을 찾던 날, 나는
그 땅에 절하며 대성통곡했습니다. 『뿌리』를 쓴 흑인 작가 알렉스 헤일
리가 조상의 고향을 찾았을 때 나만큼 절절했을까요? 나로 하여금 글
을 쓰게 한 것이 고국을 떠나 한 많은 유랑의 삶을 살았던 카레이스키
의 혼령들이었다는 것을 비로소 깨달았습니다. 그들이 대자연을 통해
나에게 보여주고 말한 것이지요. '우리의 애달픈 삶을 낱낱이 적어다

숲속의 새
울울창창 러시아의 검은 숲속 한 마리 외로운 새처럼.

기예의 나라
러시아는 기와 예가 조화를 이루어 꽃피우는 나라다.

오'라고……"

그때 선생님의 눈에 반짝 비친 물기를 보았습니다.

"한 민족이 한 땅에 모여 사는 것은 감사해야 할 일입니다. 나는 모스크바에 살면서 러시아어로 글을 쓰지만 아직도 남의 땅을 빌려 사는 임시 거주자라는 느낌을 지울 수 없습니다."

선생님의 목소리는 사뭇 슬펐습니다.

"사실 1850년 두만강을 건너 연해주로 왔다가 다시 중앙아시아로 강제이주를 당하기까지 카레이스키의 삶은 소설 이상의 것이었습니다. 한겨울 어디로 가며 왜 떠나야 하는지도 모른 채 화물차에 실려 정처 없이 떠나야 했던 겨울의 대이주 기간 동안 만 명이 넘는 사람들이 추위와 굶주림 때문에 죽어갔다는 가슴 아픈 얘기를 나도 들은 바 있습니다. 그리고 유감스럽게도 그 카레이스키의 슬픈 유랑은 아직도 계속되고 있습니다. 1937년 스탈린의 강제이주 정책에 의해 중앙아시아로 떠나야 했던 그들의 유랑은 백오십 년 동안이나 계속되고 있는 것입니다. 서울에서 비행기로 단 두 시간 거리밖에 안 되는 연해주에서 삼십만 고려인이 겪은 고달픈 삶은 어쩌면 세계 이민사에서도 가장 비참한 것이 아닐까 싶을 정도입니다. 그러나 타슈켄트, 우즈베키스탄, 카자흐스탄에 걸쳐 제3의 민족으로 사는 고려인들은 강한 생명력을 가진 민족이었습니다. 척박한 땅에서도 그들의 삶은 스러지지 않았으며 한국인의 정체성을 지켜내기 위해 피땀을 흘렸습니다. 명절엔 두루마기를 입고 매서운 추위에도 옛날 조국에서 가져온 볍씨를 뿌렸던 것입니다."

그 얘기를 하면서 선생님은 오래도록 그 사실을 기록하지 않은 것을 부끄럽게 생각한다고, 이제부터 당신은 카레이스키의 떠도는 원혼들이 이끄는 대로 가고, 부르는 대로 받아 적겠다고 다짐했지요. 오랫동안 선생님은 발행부수 백오십만인 『노브미르』에 작품을 연재하면서 소련 작가동맹의 중심 작가가 되었습니다. 톨스토이와 함께 선생님의 작품이 교과서에 실리기도 했습니다. 그것은 떠도는 민족 카레이스키의 위대한 승리였습니다. 작가동맹 건물 앞에서 나를 배웅하며 마지막으로 선생님은 말했습니다.

"문학은 상처를 싸매고 보듬어주는 것입니다. 러시아의 위대한 선배 작가들이 그러했듯이 나도 그 길을 가려 합니다."

러시아가 낳은 한국계 대문호 아나톨리 김　　고려인 3세 문학
가인 아나톨리 안드레예비치 김(Anatoli Andreyevich Kim, 1939~)은 러시아적 색
채를 짙게 띠는 작품들을 주로 썼지만 「사할린의 방랑자들」을 비롯한 여러 작품
에서는 한국인으로서의 핏줄에 대한 의식과 고려인의 역사를 이야기하고 있다.

　그의 할아버지는 구한말과 일본의 침략을 전후한 1906년에 국경을 넘어가 러
시아에 정착한 고려인 1세대이며, 1912년에 태어난 그의 아버지는 2세대다.
1937년에, 일본인이 조선인을 스파이로 이용할 가능성을 두려워한 스탈린의 극
동 한인 강제이주정책에 따라 온 가족이 중앙아시아로 옮겨가게 된다. 그로부터
2년이 지난 1939년 카자흐스탄의 고려인 마을에서 고려인 3세 아나톨리 김이 태
어났다. 그곳에서 그는 어른들로부터 한국의 전설과 옛이야기를 들으며 어린 시
절을 보내지만, 그후에는 러시아식 교육을 받으며 러시아의 문화적 토양에서 성
장한다. 모스크바의 미술전문대학에 진학하면서 다시 모스크바로 간 그는 학교
와 군복무를 마친 후 크레인 기사, 보일러공, 선전 포스터 제작 미술 감독관 등
여러 직업을 거치면서 틈틈이 습작하다가 다시 고리키 문학대학에 입학했다. 그
는 단편 작가로 소련 내에서 널리 명성을 얻었던 블라디미르 리진의 지도 아래

작가 수업을 마치고 1971년 졸업했다. 1973년 잡지 『오로라』에 「수채화」를 발표하면서 작가의 길을 걷게 된다. 그리고 얼마 지나지 않아 초기 고려인들이 겪은 역경과 고난의 역사를 우리의 전통 설화와 섞어 표현한 작품들로 소련 문학계의 주목을 받기 시작했고, 1973년 작품집 『푸른 섬』이 3만 부 이상 팔리면서 문단에서의 입지를 굳히게 된다.

대표작으로 『다람쥐』『아버지 숲』『켄타우로스의 마을』『신의 플루트』『요나섬』 등이 있다. 톨스토이재단이 발간하는 문예지 『야스나야 폴랴나』의 편집장과 문학상 운영위원장을 지냈고, 고리키 문학대학 산문창작과 강사로 활동하면서 러시아 대표적 문예지 『신세계』의 편집인을 역임하기도 했다. 그의 작품들은 세계 20여 개 언어로 번역되었으며, 자전 에세이 『초원, 내 푸른 영혼』과 『페랴의 통나무집』『신의 플루트』『켄타우로스의 마을』 등이 한국에도 번역 출간되어 있다.

아 나 톨 리 김 의   작 품 세 계   그는 자신을 키워준 러시아를 '아버지 나라', 자신의 영혼의 고향인 한국을 '어머니 나라'라고 부르고 있다. 그러면서 서로 다른 두 세계의 어우러짐을 통해 '민족'이라는 좁은 틀에 얽매이지 않는 새로운 보편성을 창출하고 있다.

아나톨리 김은 초기 작품에서 일제의 수탈과 배고픔에서 벗어나기 위해 조국을 떠난 선조의 모습이나 전통적 신앙이나 설화, 풍속이나 민족적 관습 등을 모티프로 삼고 있으며, 작가의 유년 시절에 대한 회상도 같이 담아내고 있다.

그러나 1970년대 중반 이후의 작품에서는 이러한 동양적 신비주의가 소련의 현실 상황과 밀접한 관련을 맺고 발전한 '소련 환상문학'의 세계와 만나면서 또다른 경향이 나타나게 된다. 그의 작품에서 환상적인 요소들은 시간여행, 죽은 자의 부활, 영혼의 이동, 환생, 이야기하는 동물, 날아다니는 인간, 용, 정령의 존재등으로 나타난다. 또 초자연적인 화자인 켄타우로스나 다람쥐를 등장시키는 기법, 여러 화자의 목소리가 계속해서 교체되는 기법, 사건의 장소나 시제 등이 계속해서 변하는 기법 등 새로운 서사 형식을 통해서도 환상적 요소를 가미하고 있다.

류드밀라 남과 모스크바

고려인이라는 명칭을 처음 알린 이. 아버지의 나라를 유달리 사랑하여 '류드밀라 남'이 아니라 '남 류드 밀라'로 자신을 소개하던 여인. 그렇게 가슴속 깊은 곳에 간직한 그리움과 한으로 누구보다 〈아리랑〉을 절절하게 표현해냈던 성악가. 1977년부터 1996년까지 20년 동안 러시아 최고의 프리마돈나로 볼쇼이 의 무대는 물론 유럽과 미국의 무대를 뒤흔든 류드밀라 남.

이제 그녀는 여기에 없지만 다시 한번 한국에서 〈아리랑〉을 부르고 싶다고 하던 애절한 음성은 귓가에 남아 그날을 추억하게 한다. 이 글은 볼쇼이의 진주 류드밀라 남이 아니라 조국에 대한 그리움에 젖어 있던 남애리와 만났던 날의 기록이다.

다시 부르고 싶은
눈물의 〈아리랑〉

　오랜 여행 끝에 서재로 돌아온다. 내 방은 늙은 목수의 작업장처럼 어지럽다. 톱밥처럼 두터운 고요 속에서 사각사각 펜이 흐르는 소리를 들으며 글을 쓰는 것이 좋아서, 휙휙 종이 구겨 던지는 맛이 좋아서 이 방에서 나는 목수처럼 손으로만 글을 썼다.
　촛대에 불을 밝힌다. 참으로 오랜만에 하는 존재와의 대면.

　　지금은 아주 조용하고
　　우리 둘뿐이니
　　어떤 고백도 울음도
　　서슴지 말라시는

— 김남조, 「성서」에서

　그런 시가 떠오르는 시간, 일렁이는 불빛에 수없이 빗금쳐진 낡은 지도 한 장이 드러난다. 지도는 나와 세계를 소통시켜준 창이다. 떠돌아

야만 하는 운명을 두 개씩이나 달고 태어난 아이인 나는 떠돌이별처럼
저 빗금 사이를 무수히 유랑했다.

지도 곁에는 러시아 풍경을 담은 동판화 한 점이 걸려 있다. 바람이
불고 꽃이 날리는 그 동판화 풍경 속에는 어디선가 본 듯한 한 여인이
서 있다. 한때 우리가 사랑하고 열광했던, 그러나 지금은 희미한 기억
의 저편으로 흘려버린 여인이다.

그 여자, 류드밀라 남은 모스크바 세베르노예 체르타노보 거리의 한
육 층 아파트 현관에서 동판화 속 여자처럼 그렇게 서 있었다. 좀처럼
들르지 않는 친정 식구를 기다리는 누이처럼. 거리에는 눈발이 날리던
날이었다. 그녀는 내가 내민 꽃다발과 나를 한꺼번에 얼싸안을 기세로
반겼다.

"온몸에서 서울 냄새가 나는군요. 그동안 한국에서는 왜 연락이 없
었나요? 이제는 나를 완전히 잊었나요? 서울에 다시 가고 싶습니다.
가서 다시 한번 목놓아 〈아리랑〉을 부르고 싶습니다."

그녀는 다섯 살배기처럼 서투른 우리말로 말했다. 말하며 북받치듯
눈물을 주르르 흘렸다.

"서울에 다녀온 다음부터 나는 울보가 되었어요. 한시도 서울을, 한
국을 잊은 적이 없답니다. 서울에 가면 쓰려고 열심히 한국말을 익혔지
만…… 조국을 찾았던 것이…… 잘못이었을까요?"

러시아 제1의 소프라노, 볼쇼이의 진주라고 불리는 그녀도 조국에
대한 그리움 앞에서는 속절없이 무너져내리는 나약한 아낙, 남애리일
뿐이었다.

"용서하십시오." 나는 사과부터 했다. "한국은 그간 또하나의 전쟁을
치렀답니다. IMF라는 난리가 쓸고 가서 사람들이 노래를 잊은 지 오래

피아노 치는 여인
류드밀라 남도 이런 모습이 삶의 한 부분이었을 것이다.

랍니다."

나는 겨우 그렇게 말했지만 그녀는 고개를 저었다.

"노래는 그럴 때 더 필요한 것입니다. 〈아리랑〉은 축제의 노래가 아닌 슬픔의 노래 아니던가요?"

당신들은 예술에 대해 뭔가 잘못 알고 있다고, 그녀가 이번에는 러시아어로 말했다. 예술은 자본의 꽃이기 이전에 절망을 이기는 노래라고. 러시아도 똑같이 힘든 세월을 지냈지만 그럴수록 볼쇼이 극장에, 마린스키 극장 앞에 사람들은 줄을 섰다고.

"그녀의 말은 옳습니다." 류드밀라가 차를 내려 간 사이에 통역을 맡은 고려인 정 발레리안 목사가 거들었다.

"이런 얘길 아시나요? 한 초등학교 교사가 어린 학생들에게 물었답니다. '삼백 루블이 생긴다면 고아원에 무얼 사 가지고 가겠니?' 한 아이는 빵을, 또다른 아이는 초콜릿을 사 가겠다고 대답했다지요. '나라면' 교사가 말했답니다. '볼쇼이 발레의 티켓을 가져가겠다. 빵은 먹고 나면 다시 배고프고 초콜릿의 달콤함도 한순간이면 사라질 테지만 어려운 시절 보았던 볼쇼이의 추억은 평생 아름답게 남아 있을 것이기에……' 그것이 러시아인입니다. 저녁 한 끼쯤 건너뛰어도 좋은 공연은 놓치지 않겠다는 사람들이 바로 러시아인입니다. 주머니의 돈을 모두 털어서 길거리 화가에게 초상화를 그리게 하는 사람들, 이들은 경제가 무너지고 나라가 깨져나가도 문화를 지니고 있으면 다시 일어선다고 굳게 믿고 있지요."

1977년부터 1996년에 이르기까지 러시아 최고의 프리마돈나로 볼쇼이의 무대는 물론 유럽과 미국의 무대를 뒤흔들었던 류드밀라 남. 그녀는 목소리 하나로 민족의 벽을 뛰어넘고 외모의 벽 또한 뛰어넘을 수

새벽의 노래

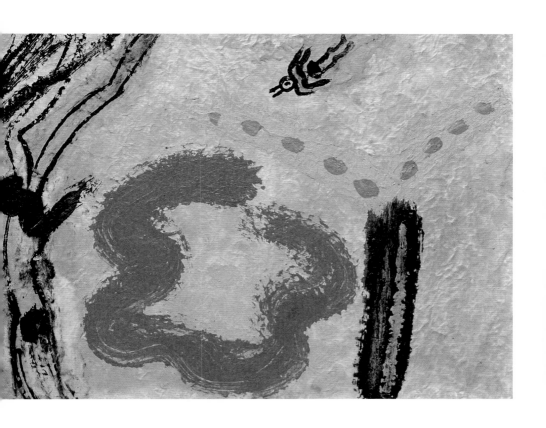

발레와 음악의 나라
러시아에는 연중무휴로 예술공연이 열린다. 경제적 어려움에도 예술을 향한 열정은 식을 줄
모른다.

류드밀라의 인상
후덕하고 푸근한 이 성악가의 인상을 즉흥으로 담아본다.

있었다. 노래 없이는 죽은 인생이라고 생각했다는 그녀는 모스크바 필하모닉에서의 독창회만 무려 열두 차례에 이르는 관록의 가수였다. 서울의 지인이 보내주었다는 화개 녹차를 내온 류드밀라가 말했다.

"가수로서 내 생애에 가장 감격스러웠던 것은 볼쇼이의 프리마돈나로 미국과 유럽의 무대를 뒤흔들었던 때가 아닙니다. 1988년 서울에서 무대도 객석도 눈물바다가 되어 〈아리랑〉〈도라지〉〈가고파〉를 불렀을 때입니다. 〈그리운 금강산〉을 불렀을 때입니다. 임종 때 나의 아버지는 그 노래들을 틀어달라고 했습니다. '좋구나…… 한국의 산이, 하늘이 보인다. 그곳에 가고 싶다.' 그렇게 긴 한숨을 토하며 운명하셨습니다. 아버지와 함께 서울에 가겠다는 약속은 지키지 못했지만 이제라도 나는 다시 서울에 가서 소망의 아리아 〈아리랑〉을 부르고 싶습니다. 내가 외로울 때 고국이 불러주었듯이 시름에 잠긴 고국을 위해 이번에 제가 가서 노래 부르고 싶습니다. 예술의전당 같은 훌륭한 무대가 아니더라도, 반주자가 없어도 좋아요. 서울역 광장이나 지방의 이름 없는 도시라도 좋습니다. 나는 다시 〈아리랑〉을 부르고 싶습니다. 우리말로 불러 시련의 조국에 바치고 싶습니다. 나는 그날을 기다립니다."

천 천 히   읽 기

세계적 성악가 류드밀라 남   성악가이자 러시아 인민공훈배우 류드밀라 남(Ludmila Nam, 1947~2007)은 고려인 2세로 카자흐스탄 알마티에서 태어났다. 그녀의 가족은 1937년 극동 지역에서 살던 할아버지 대에 스탈린의 한인이주정책에 따라 카자흐스탄으로 강제이주됐다. 운전사였던 한국인 아버지와 가정주부였던 러시아인 어머니 밑에서 자란 그녀는 초등학교 교사생활을 하다가 1970년에 소련 연해주에 있는 하바롭스크 음악전문학교에 입학해 성악을 공부했다. 다시 그네신 음악원에서 3년 동안 공부한 뒤, 1976년부터 볼쇼이 극장 무대에 서기 시작했고, 이 무렵 차이콥스키 국립음악원에 입학했다. 그리고 1977년 소련의 글린카 성악 콩쿠르와 1978년 세계 3대 콩쿠르의 하나인 차이콥스키 콩쿠르와 바르셀로나에서 열린 국제 비냐스 콩쿠르에서 잇따라 입상하게 된다. 차이콥스키 음악원 시절 볼쇼이 합창단원이었던 그녀는 수상 이후 볼쇼이 오페라단의 제1독창자에 임명되었다. 1997년까지 주역 솔리스트의 자리를 지키며 활약했고, 1987년 러시아 공훈배우, 2003년 러시아 인민예술가의 칭호를 받았다. 2007년 지병으로 고향 알마티에서 61세를 일기로 사망했다.

첫 서울 공연 후 류드밀라 남은 한국과 러시아를 오가며 고려인의 처지를 알리기 위해 노력했으며 오페라 〈춘향전〉의 중국 초연 때는 월매를 맡아서 한국 문화를 알리기도 했다.

또 대구예술대학에서 교수로 재직하면서 많은 한국 성악가 지망생들을 가르쳤다. 그녀의 사후에는 모스크바에서 유학하며 그녀의 도움을 받은 한국인 유학생들을 중심으로 류드밀라 남 추모사업위원회가 만들어져 2007년 러시아대사관 주최로 추도회 및 추모연주가 이루어졌고, 이후 매년 추모음악회가 열리고 있다.

1988년 8월의 기억　　1988년 서울 올림픽에 앞서 열렸던 '서울올림픽기념 문화예술축전'에는 80여 개국에서 3천여 명의 문화예술인들이 참여하여 50여 일간 축제를 펼쳤다. 당시는 한국과 소련이 수교를 맺기 2년 전이었기 때문에 소련에서 온 성악가 류드밀라 남의 등장은 최대의 관심사였다.

무대에 오른 류드밀라 남은 먼저 소련땅에서 살아가는 한민족의 삶에 대한 이야기를 꺼냈다. 1930년대 스탈린의 강제이주정책에 의해 연해주에서 중앙아시아로 끌려가던 이야기, 농민이었던 할아버지가 일제의 스파이라는 누명을 쓰고 총살당한 이야기 등을 하며 눈물을 흘렸다.

또 어린 시절부터 할아버지의 나라, 아버지의 나라에 대한 그리움을 늘 가슴에 지니고 살았으며, 서울 올림픽 덕분에, 또 자신이 음악을 했기에 마침내 이렇게 한국땅을 밟을 수 있었다고 말하며 이것이 자기 일생의 최고 행운이라고 밝혔다. 그리고 나서 부른 가곡 〈그리운 금강산〉은 많은 이들의 심금을 울렸다.

그녀는 이후에도 1990년 9월 한국과 소련의 수교가 이루어지자 종종 한국을 찾아와 양국 간의 문화예술 교류에 앞장섰다.

김
산
과

상
하
이

독립운동가이자 사회주의 혁명가인 김산, 한 미국인 작가는 그에게 매혹되어 전기 『아리랑』을 쓰기도했
다. 아마도 그를 사로잡았던 것은 김산의 태도였을 터. "내 전 생애는 실패의 연속이었다. 또한 우리나
라의 역사도 실패의 역사였다. 나는 단 하나에 대해서만, 나 자신에 대하여 승리했을 뿐이다." 김산은
전기에서 이렇게 이야기하고 있다. 그에게 혁명이란 무엇보다 자신을 극복하는 일이 아니었을까. 그것
이 실패로 귀결된다 할지라도 끊임없이 도전하는 정신 말이다.

잊힌 순결과
열정의 혁명가

망명자의 어머니 상하이에 와 있다.

'무지개다리(虹橋, 홍차오)'라는 이름의 공항을 벗어나자마자, 뿌연 하늘 저편으로 무지개 아닌 기나긴 시멘트 고가가 뻗어 있다. 거대한 절벽들처럼 길 양옆으로 늘어서 있는 빌딩들의 그 공중고가를 벗어나서야, 비로소 도도하게 흐르는 황푸 강을 만나게 된다.

오랫동안 상하이는 우리에게 육친과 같은 도시였다. 이곳 마당루馬堂路에 우리의 망명정부가 세워지면서 윤봉길을 비롯한 허다한 의인 열사들이, 이 상하이의 하늘 아래 그들의 청춘과 생명을 묻었던 것이다. 그래서 상하이에 대해 우리는 늘 애틋한 짝사랑 같은 감정을 품어왔다.

그러나 이제 그 상하이는 사뭇 다른 느낌으로 다가온다. 일찍이 덩샤오핑이 동방의 빛나는 보배라고 부르며 중국 희망의 지표로 삼으면서, 삼십 층 이상의 빌딩만도 백여 채나 들어서게 되고, 황푸 강을 사이로 와이탄, 푸둥 신시가지에는 국제적인 금융사들이 밀집한 미래형 경제도시로 모습을 바꾸었다.

이제 이 도시의 저물녘에서 그 옛날 망명자들이 가방을 들고 찾아오던 그 푸근하고 어스름한 박명薄明의 분위기를 찾아볼 수는 없다. 또한 나의 홍콩을 옮겨온 듯 사람들로 넘쳐나는 밝고 활기찬 거리, 거리마다 온통 맑은 종소리로 가득한 느낌이다.

훗날 혁명가이자 무정부주의자가 된 열혈 청년 김산이 황푸 강으로 배를 타고 들어온 것은 1920년이었다. 님 웨일스가 쓴 김산의 전기 『아리랑』은 그의 상하이 생활의 시작을 이렇게 전해준다.

1920년 겨울 어느 날, 기선 봉천호가 싯누런 황푸 강을 서서히 거슬러 올라감에 따라, 거대한 도시 상하이가 도전이라도 하듯 강기슭으로부터 그 윤곽을 나타내었다. 하지만 나도 거의 만 십육 세가 되었으므로 두렵지는 않았다…… 저녁이면 나는 조선 인성학교에 가서 영어를 공부하였다. 그 밖에 에스페란토어와 무정부주의 이론도 공부하였고, 틈이 나면 상하이에 있는 한국인의 생활과 활동을 모든 면에 걸쳐서 조사하였으며, 상하이에 망명해 있던 모든 한국인 혁명가들과 친해졌다. 또한 전차를 타고 시내 곳곳을 둘러보기도 하였다. 나에게 상하이는 새로운 세계였으며 서양의 물질문명과 움직이고 있는 서구 제국주의를 처음으로 본 곳이었다. 나는 모든 풍요로움과 모든 비참함이 함께 어우러진 채, 여러 나라 말이 사용되고 있는, 이 드넓은 도시에 매료되었다.

처음 마차삯을 깎아 팔십 센트의 요금을 내고 찾아간 임시정부 사무소에서 이제 갓 소년티를 벗어난 김산은 안창호, 이광수, 이동휘 같은 인물을 만났다. 그리고 의열단원들, 무정부주의자들과 교류하게 된다. 상하이는 그에게 혁명가의 길로 들어서는 관문과 같았다.

황푸 강의 태양은 김산의 혼처럼
상하이에서 비운의 혁명가 김산의 자취를 찾을 수 없었지만 황푸 강에 떠오른 태양은 그의 넋처럼 붉고 장엄했다.

마오쩌둥의 혁명 본거지이자 사상의 도시 옌안에 파견와 있던 서양의 여기자 님 웨일스가 한국의 청년 혁명가 김산의 전기를 쓰게 된 계기는, 루쉰 도서관에서 영문 도서를 대출하려 한 일에서 시작되었다.

님 웨일스가 빌려 보려 하는 영문 단행본과 잡지마다 한꺼번에 수십 권씩 먼저 대출해간 사람이 있었고, 그가 바로 김산이었다. 그 방대한 양의 영문 책을 빌려 갈 정도의 사람이라면 영어 실력이 보통이 아닐 것이라고 생각했던 여기자 님 웨일스는, 그 대출자를 수소문하여 어렵게 주소를 알아낸 다음, 수차 한번 만나고 싶다는 편지를 내었지만 답장이 없었다.

도서관 담당자가 알려준 바에 따르면, 김산이라는 사람은 조선인으로 당시 중국에 머물면서 한 대학에서 일본어와 경제학 그리고 물리학과 화학 등을 가르치고 있는 수재라고 했다. 더욱 호기심이 발동했지만, 누군가가 그는 조선의 한 소비에트 정치세력으로부터 극비에 파견된 대표이고 외부인을 만나려 하지 않는다는 사실을 전해주었고, 님 웨일스는 만남을 포기한다.

그런데 비가 억수같이 쏟아붓던 어느 날, 김산이 직접 님 웨일스의 사무실로 찾아왔다. 이로써 두 사람의 만남이 시작된다. 첫 만남에서 님 웨일스는 김산의 수려하면서도 단아한 용모와 빛나는 감성에 크게 매료된다.

음영이 짙은 우수의 얼굴을 한 청년 김산을 처음 대면하면서 그녀는 자신이 만난 또 한 사람의 한국인, 중국 역사상 전무후무했던 '영화 황제'라는 칭호를 들었던 영화배우 김염을 생각했고, 잘생긴 외모 속에 영혼의 깊이가 느껴지는 두 한국 사내를 통해 잘 알려지지 않은 나라 한국을 짙은 호감과 함께 인식하게 된다.

혁명가의 초상
지성과 감성과 열정을 지닌 청년 혁명가의 초상을 그려본다.

『아리랑』은 주로 청년 김산이 자신의 조국이 처한 현실과 일본의 야만성 그리고 김산 개인의 이상과 고뇌와 사랑에 대해 영어로 말하면, 님 웨일스가 질문하며 받아적는 것으로 되어 있다. 빛나는 미래를 보장받은 의과대학생 김산이 어떻게 혁명가가 되어 낯선 땅을 헤매야 했으며, 어쩌다 사랑했던 여인과 헤어져 중국 대혁명까지 참여하게 되었고, 어떻게 개인사를 희생시키고 민족사의 앞날을 열어보려 고투했는지를 그녀는 종교적인 숭고함에 가까운 어조로 기술하고 있다.

그 지적 열망과 아름다운 혼과 우수의 얼굴을 지닌 청년 김산은, 서른 살을 갓 넘어 중국 공산당에게 일본 스파이로 몰려 극비리에 처형되었다고 한다. 물론 이 책은 김산의 최후에 대해서는 쓰고 있지 않지만, 그의 생애가 결코 순탄하게 전개되지 못하리라는 것만은 곳곳에서 암시하고 있다. 운명처럼 한 서양 여인에게 자신의 모든 것을 털어놓은 뒤, 얼마 안 되어 이 아름다운 조선의 청년은 그 생애의 끝을 맞았던 것이다.

청년 김산이 드나들던 옛 대한민국 임시정부 건물은 말끔하게 손질되어 십여 년 전 처음 들렀을 때의 분위기와는 사뭇 달라졌다. 그러나 주변만은 옛 분위기 그대로였는데, 나는 비로소 그 낡은 풍경들에 안도감을 느꼈다. 목조로 된 이층집들마다 널어놓은 빨래며 이불 홑청 같은 것들, 길거리에 세워둔 낡은 자전거들이며, 하릴없이 모여 앉아 있는 사람들의 풍경 속에서 희미하게나마 지나간 시대의 단면을 본다.

그 거리의 풍경 속에서 나는 치열하게 살다가 꽃잎처럼 떨어져간 한 젊은 혁명가의 초상을 더듬어본다. 처형을 앞두고 찍은 한 장의 흑백사진 속에서 당당하게 호주머니에 두 손을 찌른 채, 오만하면서도 알 듯 모를 듯한 미소를 짓고 있던 그 표정의 초상을 말이다.

베이징 경극
중국 예술은 역사적 소재와 전통의 미학을 중시하는데, 대중의 폭넓은 사랑을 받는 경극도
마찬가지다.

사람들은 이제 민족, 사회, 혁명 같은 대의를 잘 입에 올리려 들지 않는다. 한때 이 도시에도 혁명의 피바람이 거세게 불고 지나갔지만, 이제는 그 모든 것이 빛바랜 전설처럼 되고 말았다. 그리고 그 전설의 한가운데에 목놓아 울다 떠난 청년 김산의 이름이 풍화되어 남아 있다.

혁 명 가　김 산 의　생 애　　　혁명가 김산(본명 장지락張志樂, 1905~1938)은 평북 용천 출신이다. 1915년 15세 때 3·1운동의 평양 시위에 참여했다가 체포되어 사흘 동안 구금된 후 잠시 유학차 도일했다가 다시 남만주로 가서 항일운동을 준비하게 된다. 이 시기에 신흥무관학교, 인성학교 등에서 수학하며 이동휘, 안창호 등의 민족주의 지도자들도 만났다. 졸업 후에도 안창호의 주선으로 베이징 등에서 공부를 계속했으나, 도중에 김성숙의 영향을 받아 공산주의 쪽으로 기울어 1923년 공산주의청년단에 가입, 1924년에는 조선공산당 베이징 지부를 설립하게 된다. 중국 공산혁명이 성공해야 조선의 해방이 가능해진다고 믿었던 것이다.

　1926년에는 조선혁명청년연맹을 설립하고 조직위원회 위원으로 선출되었으며, 이듬해에 중앙위원이 되었다. 같은 해 2백 명의 조선 청년들과 함께 중국 공산당의 광저우 무장봉기에 참여했다. 이 봉기가 실패로 돌아가며 같이 참가한 조선 청년들이 대부분 희생되는 와중에 간신히 목숨을 건진다.

　1930년에 베이징으로 와서 중국 공산당 베이징 시위원회에서 활동하고 있던 그는 이해 가을에 광저우 봉기 3주년 기념행사를 준비하다가 중국 국민당 경찰에 체포된다. 일본 경찰에 넘겨진 그는 40여 일 동안 혹독한 고문을 받았다. 이때

자술서에 "지금 우리 민족은 일본으로부터 극단적인 억압을 받고 있다. 조선 민족이 살길은 오직 일본 제국주의를 타도하고 민족의 완전 독립을 이룩하는 것뿐이다. (…) 나는 사회주의 운동과 독립 운동이 연합해 일본 제국주의를 타도할 것을 건의한다"라고 썼다. 이듬해 증거 불충분으로 무죄 석방되었지만 1933년에 다시 체포된다. 조선으로 송환되어 또 혹독한 취조를 받았지만 이번에도 증거 부족이었다.

그러나 1938년 중국 공산당은 국민당 경찰과 일본 경찰의 고문을 이겨내는 것은 불가능하다고 의심해 김산의 당적을 박탈했으며, 그가 당적을 회복하려 하자 경력을 재심사하여 일제 첩보기관과 관련 있는 인물로 최종 판단, 비밀리에 암살하도록 지시한다. 결국 젊은 조선 혁명가는 뜻을 펼치지도 못한 채 서른셋의 나이로 억울하게 세상을 떠났다. 1938년 중국 공산당은 그에 대한 명예 회복과 당적 회복을 발표했으며, 출생 백 주년이자 대한민국 광복 60주년을 맞던 2005년에는 국가보훈처에서 건국훈장 애국장을 추서하기도 했다.

님 웨일스의 『아리랑』　　김산의 생애는 미국의 젊은 여성작가 님 웨일스에 의해 전해질 수 있었다. 님 웨일스는 김산이 죽기 일 년 전인 1937년 옌안에서 우연히 그를 만난다. 옌안의 루쉰 도서관에서 영문판 서적을 집중적으로 빌려가는 장명(김산의 가명)이라는 인물에 대한 호기심이 생겨 그에게 접근했던 것이다. 그리고 그와 약 스무 차례에 걸쳐 인터뷰를 하며 그동안 중국 혁명에 참가해온 이야기를 듣고, 그 기록을 1941년 뉴욕에서 『아리랑』이라는 제목으로 출간했다. 출간을 주선한 것은 『대지』의 작가 펄 벅이었다고 한다.

김염과 상하이

중국 영화 역사상 '영화 황제'라는 칭호를 들었던 단 한 사람. 무용가 최승희와 독립운동가 김산이 민족의 자랑으로 삼았던 사람. 그의 브로마이드를 사려고 선남선녀들이 개봉관 앞에 장사진을 이루었다는 사람…… 김염은 영화로 항일한 의남 배우요 귀골의 사상 배우였다. 그럼에도 한·중 금교의 벽에 갇혀 한번 떠난 서울 땅을 끝내 다시 밟지 못한 채 떠나간 안타까운 비운의 예술가였다.

중국 영화사의 지지
않는 별이 되어

이제 상하이를 떠날 시간이 되었다.

새벽 공기가 차다. 멀리 황푸 강 연안의 건물들이 희부옇게 깨어나고 있다. 김염의 혼백과도 작별해야 할 시간이다. 귀국을 앞둔 어젯밤 나는 김염이 아침저녁으로 다녔을 영화의 거리 화하이중루淮海中路를 걸었다. 그 거리의 유서 깊은 영화관인 궈타이뎬잉잉위안國泰電影院을 돌아섰을 때는 김염의 신비스러운 광채를 본 듯도 했다. 왕위안루王園路에도 다시 가보았다. 살구꽃이 만발한 이 길을 친이秦怡와 함께 거닐며 사랑을 속삭였다는 김염의 초상이 서늘하게 다가왔다.

김염. 그 거대한 산을 어디서부터 말해야 할까.

중국 영화 역사상 '영화 황제'라는 칭호를 들었던 단 한 사람. 무용가 최승희와 독립운동가 김산이 민족의 자랑으로 삼았던 사람. 그의 브로마이드를 사려고 선남선녀들이 개봉관 앞에 장사진을 이루었다는 사람. 그러나 동료 영화배우였던 장칭이 주도한 문화대혁명 때는 커피와 버터를 좋아한 반혁명 서양파 분자라 하여 철저히 비판받아야 했던 사람. 전설적인 미남 배우 루돌프 발렌티노를 뺨치는 외모를 가졌던 사람. 그러나 그는 단순한 미남 배우만은 아니었다. 그는 영화로 일제에 저항한 정의로운 배우였다. 그럼에도 한·중 교류 금지의 높은 벽에 갇혀 한번 떠난 서울땅을 끝내 다시 밟지 못한 채, 병에 시달리다 비문 하나 없이 낯선 땅에서 스러진 비운의 예술가였다.

　도시도 인생처럼 끊임없이 떠도는 것일까. 확실히 한 도시의 역사 속에는 그 예술적 에스프리가 가장 빛난 때가 있다. 오래된 도시일수록 그렇다. 상하이의 예술적 기운은 아무래도 1930년대를 시작으로 피어올랐다고 보는 편이 옳다. 물론 정치 사회적으로 이 시기는 두 차례에 걸쳐 상하이 사변이 일어나고 급기야 일본군에 포위되어 육지 속의 섬처럼 고립되어버린 최악의 시기였다. 시가지가 서구 열강의 조계지로 찢겨나가는 수모까지 당했다. 그럼에도 중국의 예술, 특히 영화를 말할 때 동양의 할리우드, 상하이의 1930년대를 빼놓을 수 없다. 홍콩을 포함해 중국 영화는 그 뿌리가 상하이에 있다. 그것도 1930년대의 상하이에 있다. 그리고 그 중심부에 영화 황제 김염이 서 있다.

　김염, 처음 그에 대해 들은 것은 오래전 베를린의 한 화랑에서였다. 내가 개인전을 열었던 한 화랑에는 나이든 중국 여성 한 사람이 아르바이트를 하고 있었다. 상하이 출신인 그녀는 상하이의 조선인에 대한 이야기를 들려주곤 했는데 특히 전설적 미남 배우 '진옌' 얘기를 많이 했다. 나이든 한국 여인들이 김진규나 김승호를 이야기하듯이 그녀는 자신의 어머니 시대 조선인 명배우 '진옌' 이야기를 했다. 조선인이라 했지만 전혀 알지 못했다. 그러다가 몇 해 전 일본인 학자 스즈키 쓰네카쓰가 쓴 김염의 평전을 읽으면서 나는 비로소 그 김염이 베를린에서 들은 '진옌'인 것을 알았다. 가슴이 뛰었다.

일찍이 『아리랑』을 쓴 미국인 저널리스트 님 웨일스는 김염과 그의 예술을 극찬하는 글을 남긴 바 있는데 그녀는 김염에게서 육체의 아름다움 너머에 깃든 정신의 아름다움을 보았다고 이야기했다. 남자의 얼굴에서 자연스럽게 정신의 힘과 아름다움이 우러나오려면 적어도 2대의 노력이 필요하다는 글을 본 적이 있다.

김염의 자취를 찾아 상하이로 떠나기 전 나는 서울에서 그의 친인척들을 먼저 만났다. 그리고 놀라움을 금할 수 없었다. 김염가는 그야말로 당대 최고 명문가의 하나였다. 그의 가계를 펼치자 곧 한국 근대 '기독교사'와 '의학사' 그리고 '독립운동사'가 함께 딸려나왔다.

과거의 '양반'이 사라져버렸듯 '명문가'라는 말도 아스라이 사라져버렸다. 천민자본주의 사회에서 신흥 명문가라면 주식으로 일확천금하여 돈을 물 쓰듯 쓰는 부류쯤 일컫는 것으로 전락해버렸지만 한국적 명문가란 그런 개념이 아니다. 가문에 우선 정신적 품위가 느껴져야 한다. 다른 모든 것을 제치고 이 정신적 품격이 느껴지지 않을 때 아무리 권력을 누리고 재산이 많고 학위가 주렁주렁 있어도 진정한 명문가라 할 수 없다.

그러나 김염가의 사람들을 하나둘 만나보면서 나는 조선 호랑이처럼 한반도에서 자취를 감추어버린 것으로 여겼던 명문가 사람들이 아직도 곳곳에 살아 숨쉬고 있는 것을 느낄 수 있었다. 1930년대의 낡은 타자기를 두들겨 멀리 독일의 지인들에게 편지를 쓰는 서재현옹이나 단아한 고문체 한문으로 닥지 위에 붓글씨를 쓰는 그 부인에게서 나는 가까이하기 어려운 조선 양반가의 그림자를 보았다.

서웅의 부인 김명진 여사의 중국어 소개장과 주소 하나만 달랑 들고 비행기를 탔다. 여행에 관해서라면 나는 갖다붙일 구실이 없어서 가방

어시장에서
두 개의 큰 강 황푸 강과 우쏭 강이 흐르는 상하이의 어시장에는 종류와 크기가 다양한 민물
고기가 많다.

을 못 꾸리는 사람. 꾸물댈 이유가 없었다.

상하이에 내려 물어물어 김염의 부인 친이 여사의 아파트를 찾았다. 짧고 서툰 중국어로 한나절을 헤매어 집을 찾고 나니 어느덧 저물녘이었다. 아파트 너머로 지는 석양이 장엄했다. 여행길만 아니었다면 스케치북을 꺼내 마음껏 그림을 그리고 싶었다.

마침내 우싱루吳興路 9층의 아파트에 도착한 나는 그만 깜짝 놀라고 말았다. 당시 일흔일곱 살이라는 나이로 미루어 허리 굽은 노인을 예상했는데 잘해야 오십이 될까 말까 하는 미모의 여인이 나를 맞은 것이다.

"김염 선생님 사모님 되시는 친이 여사를 찾아 한국에서 왔습니다."

내가 말하자 그 '중년' 여성은 조용히 미소 지었다.

"제가 친입니다."

중국에는 백 년에 한 번씩 나라를 위태롭게 할 만한 미인이 나온다는 전설이 있다. 친이 역시 나라를 위태롭게 한 혐의는 없지만 살아서 전설이 된 미인이다. 상하이에서 '친이의 미모'에서 유래된 '친냥메이秦娘美'는 나이든 여성의 아름다움을 일컫는 말이 된 지 오래라 한다. 우주광 같은 저명한 문인은 그녀를 '살아 있는 미의 여신'이라고 노래했다. 그런 그녀를 아내로 삼은 김염을 저우언라이 전 총리 같은 이는 "중국의 공주를 빼앗아간 못된 조선인 부마"라고 농담하기도 했다 한다. 그녀는 백합처럼 은은하고 향기 있는 미모를 가졌을 뿐 아니라 상하이 영화인협회 회장과 우리나라의 국회의원급에 해당하는 자리에 있어, 베이징 인민대표자회의에 늘 초청되어 왕성하게 활동하는 인물이기도 하다.

상하이 우싱루 9층의 아파트에서 남편에 대해 이야기하는 다섯 시간 동안 친이 여사는 조금도 자세를 흐트러뜨리지 않았다. 그녀는 내게 당시 한국영화인협회 이사장이었던 김지미의 안부를 묻고는 연전에 그녀의 초청으로 서울에 왔을 때를 회상하기도 했다.

차가 나오는 동안 자서전 『파오룽타오(단역이라는 뜻)』에 서명하여 건네주면서 〈어광곡〉 〈대로〉 〈어머니〉 같은 김염의 대표작을 비디오테이프로 보여주었다. 최고의 인기를 누렸으면서도 작품이 적은 이유는 그가 작품의식이 투철한 배우로 늘 항일 독립유공자의 후예라는 긍지를 지니고 있었기 때문이라고 설명한다. 배우로서 자존심이 대단했고 작품 선정에도 몹시 까다로워 의식이 없는 오락영화나 애정영화는 단호히 거부했다고 한다. 이 중국의 영화 황제는 영화를 정신과 사상의 통로라고 생각했고 감독이나 배우에게 지조 혹은 지사적 역사관이 필요하다고 여겼다는 것이다.

불꽃과 폭풍의 삼십여 년 세월이 테이프에 감겨 단 몇 시간 만에 흘러간다. 1930년대의 상하이 모습이 생생하게 다가온다. 김이 오르는 거실의 식탁에서 다빙(大餠, 밀가루를 반죽해 크고 둥글게 구운 빵)과 유탸오(油條, 꽈배기 모양으로 튀긴 빵)나 찐 돼지고기에 국수를 먹는 사람들의 모습이 비친다. 불빛 화려한 서양풍의 난징루南京路도 보인다. 빛과 어둠이 교차한다. 곳곳이 예술가를 들뜨게 할 만한 분위기로 출렁인다. 그 속에서 아름답고 건장한 사나이 김염의 남성미가 분출된다. 어둠 속에서도 그의 연기는 푸른빛을 뿜어낸다. 그러나 가끔은 그 얼굴에 짙은 우수와 고독의 그늘이 지나간다. 어쩔 수 없는 망명자의 슬픔 같은 것일까. 일찍이 김염의 재능을 간파한 쑨야오 감독은 그의 연기 비밀은 조선인으로서 세상에 대해 가지고 있던 '불만과 불안'에 있다고 말한 바 있다.

그는 수많은 여성팬을 몰고 다닌 대배우였지만 결코 여성의 눈물샘이나 자극하는 상업영화에는 출연하지 않았다. 그가 출연한 영화의 큰

연주하는 여인
상하이의 고급 음식점에 가면 전통음악을 연주하는 여인들을 볼 수 있다. 전통문화와 현대
문화가 공존하며 조화를 이루는 곳이 상하이다.

주제는 항일·민족·사회변혁 같은 것이었다.

청년 김염이 한 이십 대 여성을 포옹하는 장면에 이르러 친이 여사는 담담하게, 첫 부인이었던 배우 왕런메이라고 일러준다. 음식 솜씨가 좋은 여인이어서 김염과 이혼 후에도 남편은 이러이러한 반찬을 좋아한다고 일러주곤 했단다. 김염과 왕런메이의 결합은 당시 우리나라로 말하자면 신성일·엄앵란이나 최무룡·김지미의 결합 이상으로 화제였고 그 이혼 또한 마찬가지였던 것 같다.

불꽃 김염, 루쉰의 『외침』을 읽고 크게 감명받아 스스로 그런 이름을 지었다 한다. 서서히 소멸해가기보다는 일시에 타오르고 끝나는 생을 꿈꾼 것일까. 그의 생애가 불의 생애였다면 그의 시대는 불의 시대였다. 부친 김필순은 세브란스 의전을 세우다시피 한 우리 의학계의 태두이자 독립유공자였다. 황해도에 아흔아홉 칸의 대저택을 거느린 엄청난 부호였고 언더우드 목사와 에이비슨 전도사가 이 김필순가의 사랑채에서 오랫동안 유숙하기도 했다.

김필순가의 사랑채는 한국 근대 교육과 기독교의 요람지나 마찬가지였다. 김필순은 언더우드의 권유로 세브란스의 전신인 '제중원'에 들어갔고, 언더우드가 가져온 방대한 의학서적들을 번역하고 시술 장면을 그려놓곤 했다. 김필순의 여동생 김필례는 오랫동안 정신여고의 교장과 이사장을 역임했고, 김순애는 독립운동가 김규식 박사의 아내였다. 김염가는 박사, 의사, 목사가 많았고 우리나라 근대 '의학사' '기독교사' '여성사' '독립운동사' '예술사'에 걸쳐 경이로운 인물들을 수없이 배출했다.

김필순은 중국에 건너와 유능한 의사로 활동했으나 병원 수입의 95퍼센트를 몰래 독립운동 자금으로 대는 바람에 생활은 넉넉한 형편이

라오상하이의 위위앤 뒷길
옛 상하이의 모습을 그대로 간직하고 있는 곳. 김염이 이 거리의 유명한 찻집 노포랑에 나타
나면 삽시간에 소녀들이 우르르 몰려들었다 한다. "붉은 가마를 타면 좋은 일이 생긴다며 가
마를 타라"고 이끄는 인력거꾼들을 앞혀놓고 그 모습을 그렸다.

아니었다고 전해진다. 김필순이 독립운동의 군자금을 대고 있다는 소문이 그가 개업해 있던 하얼빈 일대에 퍼져 있던 어느 날, "환자 진료에 피곤하실 텐데" 하며 자전거를 탄 청년이 건넨 우유를 마신 김필순은 피를 토하며 쓰러졌고 그대로 세상을 뜨고 만다. 그때 그의 나이 마흔두 살이었고, 슬하에는 올망졸망한 아이 일곱이 까만 눈을 뜨고 있었다.

이후 일곱 형제는 친척들이 하나씩 맡아 기르게 되는데 김염은 김규식 박사의 집에서 키워진다. 소년 시절을 보내면서 소년 김염은 남몰래 배우의 꿈을 키웠고 어느 날 이 뜻은 김박사에게 전해졌다. 그러나 김박사의 충격과 노여움은 대단했고, 김염은 그날로 김박사의 집을 나와 상하이로 간다. 이후 삼 년 동안 영화사에서 청소 등의 잡일을 하며 지내다가 사 년째 되던 해, 스크린에 고독과 분노와 우수에 찬, 그러나 아름다운 얼굴의 배우 김염으로 등장한다.

그는 국권침탈과 함께 태어나 상하이 사변과 태평양전쟁, 문화대혁명의 불길 속을 뚫고 갔다. 그사이에 상하이를 탈출해 홍콩으로 가기도 했고, 이혼의 쓰라림을 겪었으며, 한 점 혈육은 정신지체인이 된다. 그리고 자신은 잘못된 위수술로 오랜 병고 끝에 결국 서울로 돌아가지 못한 채 상하이에서 눈을 감고 만다.

친이 여사가 부르자 안방에서 건장한 남자 하나가 뚜벅뚜벅 걸어와 불쑥 손을 내민다. 아들 지에였다. 문화대혁명의 와중에 충격으로 정신장애가 일어나 쉰 살의 나이인데도 열 살 남짓의 정신연령에 멈춰 있단다. 끔찍한 세월이었다고 회상한다.

"외출했다가 돌아오니 우리집 일대는 홍위병에 의해 포위되고 여기저기 대자보가 붙어 있었어요. 겁에 질린 지에가 혼자 울고 있었지요."

김염은 한국 최고의 명문가 출신이라는 긍지를 지니고 있었고 따라

서 출신 성분도 하찮은 삼류 배우인 장칭에 대해 냉소적이었다고 한다. 마오쩌둥의 부인이 된 장칭이 권력의 핵심이 되었을 때도 이런 태도는 변함이 없었고 장칭의 심사가 뒤틀렸으리라고 친이 여사는 한숨을 내쉬며 말했다.

"진옌이 조금만 부드럽게 대했어도…… 하지만 그이에게 그런 것을 기대한다는 것은 무리였지요. 문화대혁명은…… 상하이 문화와 예술에 암흑기를 가져왔어요."

잠시 회한의 표정이 된 친이 여사는 곧 평온을 되찾았다. 몇 편의 비디오를 보는 사이 창밖에는 어둠이 내리고 있었다. 친이 여사는 남편의 고향에서 온 귀한 손님에게 정통 상하이 요리를 대접하고 싶다며 일어섰다. 자동차는 불빛이 번지는 시가지를 달린다.

"저 거리가 유명하던 샤페이루霞飛路인데 많은 영화관이 있었답니다."

그녀는 꿈꾸는 듯한 표정으로 말했다.

"바로 저곳이 상하이 최초의 영화관인 쑹산다시위안嵩山大戲院이 있던 자리로군요. 저곳엔 대형극장 궈타이다주창國泰大劇場이 있었지요. 입구에 진옌의 커다란 대형사진이 걸려 있었어요. 많은 세월이 흘렀군요."

영화인들이 많이 온다는 레스토랑 진팅錦亭 앞에서 사람들이 그녀를 알아보고 눈인사를 한다. 사람들은 그녀를 그렇게 존경과 사랑의 눈길로 맞았다. 식당에는 먼저 와 기다리고 있던 한 노인이 있었다. 김염이 살아 있을 때 가장 사랑한 조선인 후배 배준철씨였다.

다음날 배노인의 안내로 룽화龍華혁명열사공원묘지를 찾았다. 김염의 유골은 기념관 옆 납골당에 있었다. 수천 개의 납골함이 둥글게 연결된 그곳에서 무표정한 복무원은 철커덕 철문을 열고 들어가 8호 17번 함을 가리킨다. 상자의 문을 여니 "저명 영화예술가 김염, 1927년

영화계에 나와 1983년 12월 사망하다"라는 간략한 글이 쓰여 있다. 그 곁에는 조잡하고 작은 조화 한 송이. 그 무뚝뚝하고 싸늘한 공간은 죽은 이와의 대화도, 영혼의 울림도 용납하지 않았다. 참담한 느낌이었다.

김염은 1962년경부터 병이 깊어졌다고 한다. 1950년대 후반 티베트 일대에서 영화를 찍을 때 추위를 이기느라 독한 술과 양고기로 밤을 새우던 것이 화근이었다.

철문은 다시 닫히고 발길을 돌려 기념관으로 가보았다. 대낮인데도 어두운 지하의 역사기념관에는 김염의 흑백영화 〈어광곡〉이 언제든지 볼 수 있도록 마련되어 홀로 돌아가고 있었다. 결코 끝나는 일이 없이. 중국 영화 사상 유일무이한 일이라고 했다. 그토록 오랫동안 나를 사로잡고 있던 영화 황제의 혼불은 바로 그곳에서 장엄하게 타오르고 있었다.

'영화 황제' 김염의 생애   김염(金焰, 1910~1983)의 본명은 김덕린이다. 그의 부친 김필순은 세브란스 의전 1회 졸업생이자 조선 최초의 양의로서 병원 원장을 맡는 한편 신민회에 참가하기도 한 항일투사였다. 김필순이 독립운동 참가로 인해 수배를 당하자 1911년 가족 모두가 서울에서 만주 퉁화로 이주했다. 1922년에 아버지가 죽자 가족들은 뿔뿔이 흩어지게 되고, 그는 상하이, 톈진 등지에 있는 친척집을 전전하며 어려운 학창 시절을 보낸다.

줄곧 영화에 대한 관심을 키워왔던 그는 고모부의 반대를 무릅쓰고 학업을 마치기도 전인 1927년 상하이로 떠난다. 민신영편공사에 입사했으나 얼마 못 가 회사가 부도가 나면서 다시 톈한(중국 유명한 극작가 겸 소설가, 중국 국가의 작사가)이 창설한 남국영화극단에 입단해 단역을 주로 맡다가 우연히 감독 쑨위의 눈에 띄어 영화 〈풍류검객〉에 출연하게 된다. 이 영화를 계기로 그는 주연급 배우로 성장해 1930년 〈야초한화〉에서 주연을 맡아 당대의 대스타인 여배우 롼링위와 호흡을 맞추게 된다. 이 영화는 대흥행을 거두게 되고 김염은 일약 '영화 황제'로 등극한다.

그러나 김염은 자신의 인기가 절정에 달했던 1932년, 더는 멜로영화에 출연하지 않겠다고 선언하고 사회성이 강한 영화에만 출연하기로 한다. 조선을 발판으로 대륙을 넘보고 있던 일본 제국주의를 직시하고 있었던 것이다. 이는 중국 영화 5대 걸작으로 꼽히는 쑨위 감독의 영화 〈대로〉에서 나타난다. 영화 〈대로〉가 선동적이라고 판단한 국민당 정부는 일본과의 관계를 의식해 상영을 금지했고, 일부 지역에서는 필름을 불사르기도 했다. 그러나 이 영화는 당시 중국 청년들의 의식에 큰 영향을 미쳤으며, 지금까지도 세계 100대 영화 리스트에 올라 있을 만큼 수작으로 꼽히고 있다.

최
건
과

베
이
징

개방과 자유를 몰고 온 베이징 민주화운동의 꽃은 다름 아닌 최건이라는 이름의 조선족 청년. '아무것도
가진 것 없지만…… 내 꿈을, 자유를 네게 주겠어'라는 노랫말은 톈안먼 광장의 군가였고 깃발이었다.
어떤 시보다 문학적이고 어떤 군가보다 치열했던 그의 노래는 국가와 규범의 통제에 익숙한 사람들의
잠든 자의식을 일깨웠다.

그를 이 광장에 불러들인 것은 시대의 바람일 터. 그러니 지금은 사라졌지만 그의 노래는 언제 다시 이
광장에 불려나올지 모른다. 그의 노래가 다시 불리는 날 또하나의 혁명이 시작되겠지. 그렇다, 자유를
갈구하는 노래는 결국 자유를 불러온다.

아직도 들려오는
자유의 노래

역사의 빛이 눈부셔서 삶의 초라함이 더 눈물겨운 오래된 도시, 늙은 베이징은 누런 황사바람 속에 누워 있다. 멀리 톈안먼天安門 광장에 펄럭이는 붉은 깃발이 보인다. 혁명은 아직도 끝나지 않았는가. 석양빛을 받은 톈안먼은 몰락한 종갓집처럼 쓸쓸하다. 일찍이 하나의 건물이 저 같은 고뇌의 무게로 서 있는 것을 본 적이 없다. 저 집은 십여 년 전 광장 너머로 타오르다 스러져간 생명의 불꽃들을 보았을 것이다. 사나운 짐승처럼 울부짖었던 그날의 함성을 들었을 것이다. 저 집은 이미 집이 아니었다. 국가 운명을 지켜본 시대의 증언자였다.

"톈안먼 사건 이후 십여 년이 지났는데 저 광장에는 아직도 원통한 마음을 푸는 살풀이가 없습니다. 언제 다시 땅이 뒤집히고 피를 부를지 모릅니다. 그 살풀이 없이 베이징은 어떤 희망과도 악수할 수 없을 것입니다."

톈안먼 사건 때 동료 대학생들과 광장에 모여 이틀을 단식하며 민주화를 외쳤다는 조선족 청년 염씨는 나와 광장을 거닐며 아직도 그날의 함성이 귀에 쟁쟁하다고 말한다.

"그때 우리는 목이 터져라 노래를 불렀습니다. 〈일무소유一無所有〉, 최건의 노래였죠. 그것은 당시 우리들의 군가였습니다. '아무것도 가진 것 없지만…… 내 꿈을, 자유를 네게 주겠어'라는 그의 노랫말은 그대로 우리의 구호였습니다. 쓰러지려 할 때마다 우리를 묶어준 보이지 않는 끈이었습니다. 그가 동포라는 사실 때문에 우리 조선족 청년들은 더 감격했지요."

당시 〈일무소유〉는 말하자면 중국판 〈아침이슬〉인 셈이었다.

최건이란 이름의 조선족 청년은 당시 신화처럼 떠오른 베이징 민주화운동의 꽃이었다. 사회주의적 이상과 자본주의적 현실 사이에서 무력하게 서성대던 중국 청년들에게 그는 노래로 길을 열어주었다. 그는 노래하는 사상가의 면모를 여실히 드러냈다. 때로는 숨고 때로는 드러내면서 자신과 대중의 생각을 토해냈다. 사회주의 체제 속에서의 인민을 그린 〈붉은 깃발 아래의 알〉은 어떤 시보다도 문학적이었고 어떤 구호보다도 격렬했다. 톈안먼 사건의 시발점이 된 인민영웅탑의 펄럭이는 붉은 깃발 아래 그는 귀청을 뜯는 록밴드 속에서 바로 이 〈붉은 깃발 아래의 알〉을 부르고 〈일무소유〉를 불렀던 것이다. 그의 팬 중에는 유독 청년, 그중에서도 남성팬이 많았다. 대학생과 지식인층이 많았다. 말하고 싶어도 결코 말할 수 없는 것들을 그의 노래는 대신 말해주었다.

그의 노래는 진정한 개방과 개혁은 정치의 자유뿐 아니라 내면의 자유를 얻는 것이라고 가르쳤다. 제한된 개방, 제한된 자유가 아닌 완전한 자유를 노래했다. 그의 노래는 국가, 규범 같은 통제에 익숙한 채 살아온 사람들의 잠든 자의식을 일깨웠다. 그 점에서 그는 대중의 스승이자 리더였다. 한 장의 붉은 천으로 눈을 가리고 〈난니완南泥灣〉〈조롱 속

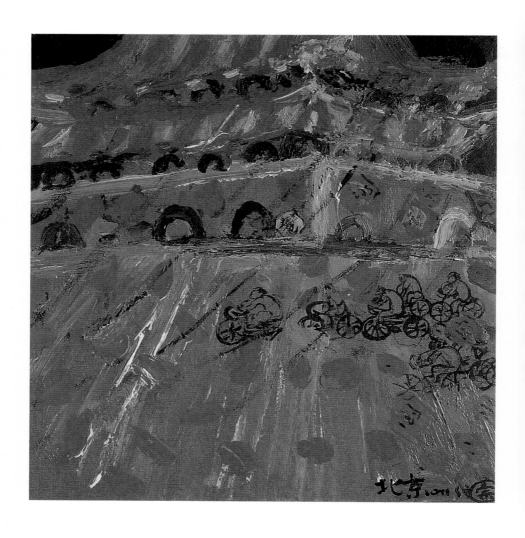

톈안먼 인상
역사의 맥박이 들리는 듯한 거대한 담론의 마당 톈안먼 광장. 톈안먼 사건 때 최건의 노래는
중국 청년들 사이에 가장 많이 불린 노래였다.

의 새〉〈베이징 이야기〉〈최후의 총탄〉을 불러 순식간에 중국 록음악의 불을 질렀다.

톈안먼 사건의 발화점인 '인민영웅탑'에 이르러 조선족 청년 염씨는 자신이 최건의 노래처럼 연약한 '붉은 깃발 아래의 알'이라는 것을 알았다고 고백했다.

"갑자기 하늘이 찢어지는 소리가 나고 사방으로 피가 튀었지요. 스크럼을 짰던 동료들이 쓰러졌습니다. 나는 그길로 정신없이 광장을 나와 내몽골 쪽으로 일주일이나 기차를 타고 갔습니다. 기차를 타고 가며 혼자 울었습니다. 피 흘리는 동료들을 두고 혼자 떠난다는 자괴감 때문만은 아니었습니다. 내게는 그렇게 죽을 수 있는 진정한 조국이 없다는 생각 때문이었습니다. 중국이 나의 참 조국이 아니라는 것을 비로소 알았던 것입니다. 중국이 내 진정한, 단 하나의 조국이었다면 내가 자리를 그렇게 쉽게 떠나올 수 있었을까요? 하나의 조국을 가진 선생은…… 행복한 사람입니다."

나는 고개를 끄덕여 그 말에 동의했다. 어쩌면 잠재돼 있던 소수민족의 한이 터져나와 최건 같은 이가 그토록 강렬한 에스프리의 노래를 부를 수 있었는지도 모른다. 우리는 어두워져가는 광장의 돌 위에 앉았다. 환상과 현실은 늘 맞물려 있는가. 더 나은 날에 대한 환상 때문에 혁명은 이어지는 것이지만 가고 나면 또하나의 쓸쓸한 현실이 남을 뿐이다. 그의 노래 중에 〈난니완〉이 있다. 난니완은 1934년 10월 저 '대장정'의 종착지였던 옌안 근처의 작은 마을이다. 그곳은 마오쩌둥의 혁명 실험장이었다. 그러나 그의 노래 속에서 난니완은 이미 이상향이 아니었다. 그는 그 신화 속의 이상향에 비웃음과 독설을 퍼부었고 결국 〈난니완〉으로 인해 그의 이름은 '블랙리스트'에 올랐다.

베이징 서커스
첨단 디지털 시대에도 베이징 서커스에 대한 호응과 열기는 식지 않는다. 몸과 몸이 직접 부딪히는 이 아날로그적 무대에는 소란과 흥분에 뒤섞인 비애가 있다.

그의 저항 록은 〈한 자루의 칼처럼〉〈최후의 총탄〉〈저항〉으로 이어지면서 위험하고 불순한 노래로 공안의 추적을 받았다. 그러면서 가끔 비밀 공연을 강행한 후 홀연히 자취를 감추곤 했다. 이제 이 베이징의 하늘 어디에도 최건의 노래는 들려오지 않는다. 그는 불순한 선동가로 블랙리스트에 오른 지 오래고 그의 노래들 또한 금지곡이 되었기 때문이다.

그는 〈베이징 이야기〉라는 그의 노래에서 종일토록 노래해도 이 도시의 슬픔을 씻어내지 못했노라고 했다. 아무리 노래해도 이 도시의 고독을 다 말할 수 없다고 했다. 그러나 고독과 고통이 깊어질수록 사랑도 깊어지는 것이라고 했다. 잠시 떠났다 해도 그는 결국 이 도시로 돌아올 사람이었다.

"안타까운 것은 신세대들 사이에서 어느새 최건이 전설의 인물처럼 잊히고 있다는 점입니다. 그를 혁명가나 반체제 정치인으로 잘못 알고 있는 경우까지 있습니다. 그가 뛰어난 서정성을 지닌 음악인이라는 사실, 중국 록음악의 개척자라는 사실, 무엇보다 음악으로 한 시대를 증언한 사람이라는 사실을 새로운 세대는 잘 알지 못합니다. 그들은 오직 서양의 달콤하고 부드러운 록음악에만 길들고 있습니다. 저항정신이 빠진 록을 진정한 록이라 할 수 있을까요?"

작별하기 전에 조선족 염씨는 말했다. 최건을 이 광장에 불러들인 것은 시대의 바람이었다고. 지금은 사라졌지만 최건의 노래는 언제 다시 이 광장에 불려 나올지 모른다고. 그의 노래가 다시 불리는 날 또하나의 혁명이 시작되는 것이라고.

중국 록음악의 대부 최건　　조선족 3세로서 중국 최고 대중음악인 중한 사람이 된 최건(崔健, 1961~). 그는 트럼펫 연주자 아버지와 조선족 가무단 단원인 어머니 사이에서 맏이로 태어났다. 어려서부터 아버지에게서 트럼펫을 배운 그는 고등학교를 졸업하던 1981년 베이징 가무단 트럼펫 연주자로 선발되어 본격적인 음악활동을 시작했다. 그러나 1978년 개혁개방 이후 중국에는 서구의 문물이 급속도로 유입되기 시작한다. 당시 분위기 속에서 비틀스, 롤링스톤스, 사이먼 앤 가펑클 등 서구 대중음악, 특히 록음악에 큰 관심을 두게 된 최건은 1984년 록밴드 '칠합판'을 결성해 록가수의 길을 걷게 된다.

최건은 1986년 중국 베이징에서 열린 '세계평화의 해' 기념공연에서 〈일무소유〉라는 곡을 발표하고 관중의 열렬한 환호를 받게 된다. 당시 중국 젊은이들은 억압과 무력감 속에서도 금세 폭발할 것만 같은 잠재된 열정을 가지고 있었고, 최건의 노래는 그들에게 해방구를 제공하며 새로운 청년문화의 표상으로 자리잡게 되었던 것이다.

1989년 톈안먼 사건 당시 〈일무소유〉가 시위현장에서 널리 불리면서 그는 '반체제 가수'의 이미지로 알려지게 된다. 당국에 의해 그의 활동은 제약을 받게 되지만 이러한 제재는 오래지 않아 풀리게 되었고, 그는 오히려 이 사건을 계기로 서방세계로부터도 주목을 받게 된다.

그 뒤 1991년 '해결', 1994년 '붉은 깃발 아래의 알' 등의 앨범에서 그는 중국 개혁의 어두운 면을 표현했다. 사회적 혼돈 속에서 무엇을 해야 할지 방황하는 청년들의 우울한 모습을 담아낸 가사는 그러면서도 어렴풋한 희망을 노래함으로써 중국의 미래에 대한 낙관적인 태도를 보여주고 있다. 그의 노래에는 당대 청년들이 느끼던 시대적 아픔과 고통, 그리고 그들만의 새로운 열정과 전망이 고스란히 담겨 있다.

최승희와 도쿄

지극히 동양적이면서도 세계성을 지닌 독특한 현대무용으로 세계를 사로잡으면서, 피카소와 로맹 롤랑
과 가와바타 야스나리의 혼을 빼앗아버린 조선의 요정.

이 '조선의 백조'는 그러나 정작 돌아가 쉴 고향이 없었다. 남과 북에서 모두 버림받아 말년은 그 생사조
차 희미해졌고 더구나 우리에겐 오랫동안 그 이름 석 자조차 되뇔 수 없었던 여인이있다.

영혼을 사로잡는
마법의 춤

짙은 어둠 속에서 한줄기 섬광이 솟구쳐오른다. 섬광은 깃털이 된다.
그러다가 새가 된다.
사뿐, 땅에 내려앉으며 여인이 된다.
그녀의 이름은 최승희.

"중학교 때 처음 '세기의 무희 최승희'라는 포스터에 이끌려 공연장에
들어갔지요. 어두운 무대에서 반나체인 그녀의 배꼽 아랫부분에 푸른빛이
떨어지더니 차츰 퍼지면서 음악이 고조되어갔어요. 불빛 따라 공간에 선
을 그으며 지나가는 그 반나체의 〈보살춤〉은 사춘기 소년에겐 아찔한 황
홀경이었습니다. 저것이 환각인가 현실인가, 나는 숨도 크게 쉴 수가 없었
습니다. (…) 결국 그때의 그 강렬한 눈빛과 몸짓에 포로가 되어 이 나이
에 이르도록 그녀의 혼백을 좇고 있습니다."

『춤추는 최승희』를 쓴 정병호 교수의 말이다. 발로 뛰어서 쓴 정교수

166

의 평전은 기록사진처럼 그녀의 춤 인생을 비춰 보인다.

그러나 '사로잡힌 영혼'이 어찌 비단 소년 정병호뿐이었으랴. 그녀의 빛처럼 깜박이는 몸짓 앞에는 동양이나 서양의 땅 가름도 남이나 북의 이념 가름도 부질없는 일이었다. 오직 눈부심이 있을 뿐이었다. 그리고 모든 객체는 오직 그 눈부심 속에 가려질 뿐이었다. 그녀는 피카소와 마티스, 로맹 롤랑과 가와바타 야스나리와 저우언라이 같은 역사 속 인물의 혼도 빼놓고 만다.

예술가로서 최고의 영예와 최악의 몰락을 함께 체험했던 최승희. 이십 대에 이미 일본에서 자서전이 간행되고 그녀의 춤 인생을 주제로 만든 영화 〈반도의 무희〉가 장장 사 년 동안 상연되는 전무후무한 기록을 세웠던 별 중의 별이었다. 서른이 되기 전, 유럽의 저명 국제무용경연에 심사위원으로 초대받고, 메트로폴리탄 뮤직컴퍼니 주관 공연으로 뉴욕, 시카고, 로스앤젤레스, 샌프란시스코를 달구어놓았다. 카네기홀과 파리 살 플레옐 극장을 시작으로 브뤼셀, 칸, 마르세유, 밀라노, 피렌체, 로마와 브라질, 아르헨티나와 페루, 멕시코 그리고 베이징과 상하이를 숨가쁘게 비상했던 조선의 백조였다. 그 캄캄하던 1930년대에 마사 그레이엄과 뉴욕 세인트제임스 극장에서 합동공연을 했고, 일본 무용수가 평생 한 번 서보는 게 소원이라는 도쿄의 제국극장에서는 십칠 일 연속 공연이라는 대기록을 세우기도 했다.

세계가 오히려 비좁던 그 여자에게는 그러나 정작 고향이 없었다. 돌아가 쉴 지상의 방 한 칸이 아쉬웠다. 남에서는 친일파요 월북자라고, 북에서는 자본주의 성향의 반혁명 예술가라고 버림받았던 것이다. 그녀의 이름은 이 땅에서 오랫동안 불리지 못한 금기의 이름이었다. 우리를 더욱 안타깝게 하는 것은 그녀의 최후에 대한 흉흉한 소문들이다.

남편 안막의 숙청 후 연금 상태에서 중국으로 도망치다가 국경수비대에 의해 총살되었다는 설, 격리수용되다가 간암으로 사망했다는 설, 심지어 지하철도 공사장의 강제노역자로 살다가 어느 눈 오는 날 그곳에서 혼자 죽었다는 설 등 하나같이 가슴을 저미게 하는 것들이다.

1911년 서울의 양반 집안에서 2남 2녀 중 막내딸로 태어난 최승희는 처음에는 음악가의 길을 가려 했으나 일본의 현대무용가 이시이 바쿠의 공연을 보고 무용가의 길을 결심했다 한다. 1926년 3월, 경성에서는 일본 근대무용의 선구자 이시이 바쿠의 발표회가 열렸다. 그날 공연된 작품은 극무용 〈수인囚人〉을 비롯해 한결같이 전위적인 서양식 신무용들. 좌파 소설가였던 오빠의 손을 잡고 이 공연을 보러 온 열여섯 소녀의 눈에서는 시퍼런 불이 뚝뚝 떨어지고 있었다. 그날 이 조선 소녀의 예술 운명은 비단이 찢어지는 소리를 내며 뒤바뀌고 있었다. 그녀는 곧 이시이를 따라 일본으로 갔고 세 해가 못 되어 이시이 무용연구소의 간판스타가 되었을 뿐 아니라 전 일본 열도를 흔들어놓게 된다. 삼 년이 채 못 돼 그녀는 일본에서 가장 주목받는 신예로 우뚝 서게 된다.

조선에 태어난 사람 중에서 이제까지 누구 한 사람 무용에 뜻을 둔 사람이 없었다. 나는 나 하나로서가 아니라 조선을 대표해서 고향의 전통이나 풍물을 살려낼 무용을 새로이 창작하지 않으면 안 된다. 그것이 나에게 부여된 큰 책임이자 나의 긍지인 것이다.

—『최승희 자서전』에서

이런 당찬 생각으로 그녀는 우리 고전무용에 바탕을 둔 창의적이고 다분히 민족적이면서도 국제적인 무용가를 꿈꾼다. 일본 현대무용의

최승희의 춤
LA타임스, 르피가로 등 세계
유수의 언론에 신비와 환상의
춤이라고 극찬을 받았던 발레
〈광시곡〉을 수묵화로 그려보
았다.

역사를 만든 그 옛날 '이시이 연구소'는 도쿄의 메구로 구 '자유의 언덕'에 있었다. 팔십 년의 역사를 지닌 이시이 무용연구소는 이제 이시이의 며느리와 손자가 운영하고 있다. 문 저편에서 무용복을 입은 열 명이 강사인 듯싶은 여선생의 지도를 받으며 동작을 연습하고 있는 모습이 보였다. 이 연구소는 개인이 세운 현대무용 아카데미로서 일본 근·현대 무용사의 첫 장에 늘 등장한다. 문예의 역사를 가꾸고 만드는 데 지극정성인 일본인들은 그간 몇 번의 도로 계획에도 이 연구소를 허물지 않았다 한다. 부러운 일이다. 메구로의 이시이 연구소는 남아 있는데 서울 남산의 최승희 연구소는 왜 흔적도 없는가.

메구로에는 조선의 미술을 연구했던 미학자 야나기 무네요시의 기념관과 내가 좋아하는 소설가 이노우에 야스시의 큰 사진이 있는 일본 근대 문학관이 있는 동네다. 부촌이고 문화의 향기가 물씬한 곳이다. 도쿄에 와서 메구로 주택가를 걷다보면 뭐랄까, 지지 않는 일본혼 같은 것을 느끼게 된다.

최승희. 일본명 '사이 쇼키'인 그녀는 팔십 년 전 이시이 바쿠를 따라 처음 이곳에 와서 모던 발레를 배우기 시작했고 뛰어난 미모와 열정 그리고 체력으로 곧 스승을 넘어선다. 도쿄 시내를 둥글게 감싸고 도는 초록색 국철 야마노테센이 데려다주는 곳. 벚꽃이 눈처럼 휘날리는 허허벌판이었다는 이곳은 지금 번화가가 되어버렸다.

이곳 이시이 연구소를 드나들던 최승희는 얼마 후 스승의 춤에 혼이 사라지고 있다고 느끼고 이시이 연구소를 떠나 조선으로 돌아온다. 그녀는 이시이뿐 아니라 '이사도라 던컨이나 니진스키 류의 음악에 종속된 무용'이 아닌 '조선의 전통과 풍물로써 새로운 것을 만들어 세계로 나갈' 당찬 생각을 하게 된다. 그리고 이 생각이 '나쁜 생각일까' 하고

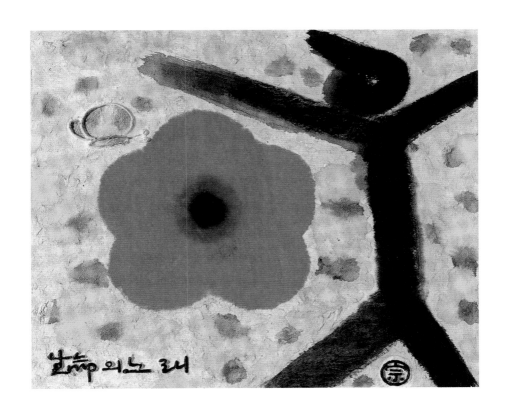

불꽃 인생
최승희의 삶과 예술도 이와 같았으리.

오빠에게 쓴 편지에서 묻는다. 창조적 예술가는 언제나 전통의 질서에 대해 회의한다. 그는 동시대의 예술 언어를 극복의 대상으로 삼는다. 끝없이 '창조적 파괴'를 꿈꾼다. 그래서 '나쁜 생각'이야말로 창조적 예술가의 힘이 되는 것이다. 이시이에게서는 그런 '나쁜 생각'을 볼 수 없었다. '예쁜 생각' '고운 생각'뿐이었다. 그녀는 하늘을 찌를 듯한 명성을 접고 조선 제일의 춤꾼 한성준 문하에 다시 들어갔고 이후 〈보살춤〉 〈장구춤〉 〈궁중무〉 〈승무〉 같은 전통무용을 재창조해 마침내 세계를 휘어잡고 마는 것이다.

1931년 그녀의 생애 속으로 한 남자가 걸어들어왔다. 안막, 와세다 대학 노문과에 재학중이던 스물두 살 청년. 조선 프롤레타리아 예술동맹의 이론가였다. 그해 5월 6일자 매일신보는 "어여쁜 용모와 세련된 스타일로 반도의 인기를 독차지하고 있는 최승희양"의 남편이 된 안막을 "조선 제일의 염복자 (아름다운 여자가 잘 따르는 복을 가진 이)"라고 썼다. 그러나 그녀가 안막을 만난 것은 그녀 생애 후반이 어떻게 흘러갈지를 예견케 해주는 대목이었다.

신혼의 단꿈에서 채 깨기도 전에 남편 안막은 임화, 김남천 등과 함께 구속된다. 죄명은 '조선독립 음모'였다. 그는 세상을 바꾸고자 하는 열망에 불타는 사람이었다. 안막이 감옥에 있는 동안 그녀는 〈고난의 길〉 〈해방을 구하는 사람들〉 〈광란〉 등 반일정서 가득한 레퍼토리로 조선을 누빈다. 그리고 안막의 출옥 후 두 사람은 다시 일본으로 건너간다. 그녀는 자신의 생애를 기초로 만든 영화 〈반도의 무희〉의 주연을 맡아 도쿄에서만 사 년간 상영이라는 전무후무한 기록을 세웠다. 공연 중 그녀를 짝사랑하던 일본 청년이 무대 위로 올라와 난동을 부리기도 하는 등 전 일본 열도가 후끈 달아올랐다.

1936년에는 경성에서 공연을 했고 콜롬비아 레코드에서 녹음했으며 광고 모델로도 활약했다. 1937년 도쿄에서 그녀는 여섯 살 난 딸 승자를 출연시키면서 미국으로 떠나기 전 고별공연을 연다. 그녀는 동양인으로서는 세번째로 메트로폴리탄 무대에 서면서 메트로폴리탄 뮤직컴퍼니와 육 개월의 미국 공연 계약을 맺었다. 로스앤젤레스와 샌프란시스코 등의 순회공연에서 그녀의 무용은 큰 호평을 받았지만 미국 내 반일 한인단체들에 의해 그녀를 친일파로 규탄하는 시위도 있었다.

이후 남편 안막과 함께 미국의 카네기홀을 비롯해 중남미의 브라질, 우루과이, 아르헨티나, 페루, 콜롬비아, 멕시코 등을 순회공연하고 서른한 살이 되던 1941년에야 다시 도쿄로 돌아올 수 있었다. 그녀는 아시아의 대표 무용가로 미국과 유럽에서 큰 획을 그었지만 일본 제국주의는 최승희의 예술을 '대동아 공연'의 상징으로 이용하기도 했다.

도쿄 제국극장에서 그때까지의 세계기록인 24회에 걸친 오랜 독무 후에 그녀는 안막과 더불어 중국으로 향한다. 유명한 중국의 경극 배우 메이란 팡을 만나 중국과 조선 무용의 교류에 뜻을 모았고 베이징에 '최승희 동방무도연구소'를 세운다.

해방과 더불어 베이징에서 서울로 돌아온 그녀는 1946년 안막의 줄기찬 권유로 안제승, 김백봉 등과 더불어 마포에서 배를 타고 월북한다. 안막은 평양에서 평양음악학교 학장이 되고 최승희는 무용동맹위원장이 되었다는 소문이 흘러나왔을 때 북위 38도 경계선에서 동족 전쟁이 일어난다.

그녀는 이후 인민배우가 되고 최승희 무용연구소 소장이 되었으며 그녀의 딸은 모스크바 무대예술대학 무용연출과로 유학을 가서 모스크바 국제경연에서 대상을 받게 된다. 그러나 1958년 문화선전성 부장이었던 그녀의 남편 안막이 숙청되면서 최승희 역시 연금 상태가 되고 국립 최승희 무용연구소는 폐쇄된다.

북한의 로동신문은 연이어 최승희의 무용을 비판했고 1960년대 후반에는 최승희가 숙청됐다는 기록이 흘러나오기 시작했다. 남에서는 친일파와 월북한 사회주의자로, 북에서는 주체예술을 수용하지 않고 반동으로 공격받았던 최승희. 그녀는 신화 속에 살다 좌절하면서 사람들의 관심 밖으로 사라졌다.

나는 최승희가 이 땅에 최초로 현대무용 아카데미의 간판을 걸었던 남산 기슭의 최승희 무용연구소를 몇 번이나 수소문해보았다. 그러나 단편적 증언과 기록들만으로는 그 정확한 위치를 잡아낼 수가 없었다. 하긴 세계가 오히려 좁았던 조선의 백조에게 '남산'은 너무 작은 조롱이었을 것이다.

이시이에게서 돌아와 열아홉의 최승희가 열었던 남산 중턱의 '최승희 무용예술연구소'는 어림잡아 지금의 그랜드하얏트호텔 근처로 짐작된다. 그곳은 한국 현대무용의 탯자리였던 셈이다. 그녀는 이곳에서 민족적인 것으로 세계적인 것을 이루려는 야심에 차 있었다. 그리고 마침내 모든 예술가가 꾸었던 그 꿈을 이루고 만다. 그러나 지금은 흔적을 찾을 수 없다.

그 자리를 어림하여 남산 자락을 걸어본다. 일본의 이시이와 중국의 메이란 팡의 유적들이 아직도 제 나라에 고스란히 남아 있는데 동시대를 살며 세계를 놀라게 한 우리의 최승희만은 흔적도 없다. 왜 우리는 이 남산에 비석 하나 세울 수 없는지……

산중턱 벤치에 앉아 쉬고 있는데 소나무 끝에 위태롭게 앉아 있던 새 한 마리가 회색빛 거리를 향해 날아오른다. 허공에 우아하게 포물선을 그리며. 그러고 보면 최승희야말로 육체를 가진 새였다. 바라보는 자마다 눈멀게 하는 매혹의 새였던 것이다. 분단도 그 이데올로기도 그 새를 묶어둘 수는 없었다.

한국 신무용의 개척자 최승희　　최승희(催承喜, 1911~1967)는 해주 최씨 명문가에서 4남매 중 막내딸로 태어났다. 어릴 때는 집안이 부유했으나 일제의 토지조사사업으로 재산 대부분을 몰수당하면서 가세가 기울었다. 학교를 계속 다니기도 어려울 정도였으나 학교 측의 배려로 장학금을 받으며 2년이나 월반을 해 열다섯 살 되던 해 졸업했다. 도쿄 음악학교에 진학할 수 있었으나 나이가 모자라 미루었고, 대신 경성사범학교 연습과에 진학해 음악교사가 되기를 희망했으나, 역시 나이가 어려 떨어지고 말았다. 큰오빠 승일의 권유로 경성공회당에서 열린 일본 현대무용의 선구자 이시이 바쿠의 공연을 본 후 무용가가 되기로 결심하고, 승일의 주선으로 1926년 5월 이시이 문하에서 본격적으로 무용을 배우기 위해 도쿄로 유학을 떠나게 된다.

　　일본에서 약 삼 년간 수련을 거친 그녀는 1927년 고국에서의 첫 무대에서 〈세레나데〉라는 작품을 선보인다. 그리고 이듬해 이시이로부터의 독립을 결심하고 러시아로 유학을 가기 위해 귀국한다. 그러나 사정이 여의치 않아 유학을 포기하고 국내에 민족무용의 현대화를 표방하는 최승희 무용연구소를 설립한다. 그러나 여러 차례의 발표회가 흥행에 실패하자 연구소 유지에 어려움을 겪게 된다. 이 무렵 와세다 대학에 다니던 진보적 문학가 안막을 만나 결혼한다.

1933년 안막의 도움으로 다시 이시이 문하로 들어가게 된다. 이시이에게 조선 춤을 춰보라는 권유를 받고 그녀는 이듬해 조선 전통춤과 현대무용의 접목을 꾀한 작품 〈에헤야 노아라〉를 공연하면서 일본 최고의 무용가로 급부상하게 된다. 이어서 세계무대에도 진출해 미국 전역과 유럽, 러시아 등지에서 〈초립동〉〈화랑무〉〈신로심불로〉〈장구춤〉〈춘향애사〉〈즉흥무〉〈옥저의 곡〉〈보현보살〉〈천하대장군〉 등의 조선 춤을 무대에 올린다.

1940년대에 접어들면서 전쟁 분위기가 고조되자 그녀는 자신의 춤을 선전용으로 이용하려는 일본 군사정권으로부터 각종 압력을 받게 되고, 결국 1942년 중국 내 일본군 위문과 베이징 동양무용연구소 개소 등을 빌미로 중국으로 떠난다. 그러다 광복 소식을 듣고 조선으로 돌아온 그녀는 미리 북으로 떠난 안막의 전갈을 받고 월북을 감행한다. 이후 평양에 최승희 무용연구소를 설립하고 북한 무용계를 이끌었고, 1955년에는 인민배우 지위를 얻었으며, 1957년에는 국가훈장 1급 수훈의 명예를 얻기도 했다. 그러나 1958년 안막이 숙청되고, 반동사상의 영향을 받아 계급의식과 동떨어진 작품을 창작한다는 이유로 최승희 역시 숙청된 것으로 알려져 있다. 근래에 복권이 이루어져 그녀의 유해는 평양 심미동 애국열사릉으로 이장되었다. 사망시기에는 이견이 있다.

최승희의 예술관   조선에 서양 현대무용을 처음 소개한 사람은 일본 무용가 이시이 바쿠였다. 초기의 최승희는 이시이의 춤을 보고 감명을 받아 현대무용에 입문하게 되었고, 1930년대 중반부터 스승의 충고에 따라 조선 춤과 서양식 현대무용을 결합한 신무용을 하기 시작했다. 그녀가 이미 습득한 현대성이 한국 전통춤의 우수성과 만나 새로운 춤 양식으로 재창조된 것이다. 예를 들면, 이시이 바쿠의 현대무용에 한국 전통춤 중 '허튼춤', 기생들의 '입춤' 등의 동작을 넣어 독특한 춤을 창조하는 식이었다.

그녀는 신체 윗부분을 주로 쓰는 동양의 무용에 신체 아랫부분을 주로 쓰는 서양의 무용을 융합해 독특한 춤을 창조했다. 또 소재로는 민족적인 것, 향토적인 것, 풍속적인 것을 사용하고 한국 전통춤의 이름 역시 그대로 살렸다.

나아가 동방민족문화의 뿌리는 중국에 있다고 보고 중국의 고전무용을 공부해 '동방무용'의 기본 틀을 다지고, 또 이를 수용해 조선 춤을 더욱 풍부하게 했다.

윤동주와 후쿠오카

윤동주는 채 못다 편 문학청년이나 시인이라기보다는 순교자가 아닐까. 서른셋으로 지상을 떠난 식민지 유대의 예수처럼 윤동주 역시 스물아홉에 시대와 자유의 십자가를 지고 죽은 순교자였다. 모진 고문으로 피폐해진 중에서도 독방에 찾아와 울어준 귀뚜라미에 감사해했다는 그 순결한 마음. 그 깨끗하고 아름다운 마음은 시로 남아 우리의 어둠을 씻어준다.

"나는 종점을 시점으로 바꾼다"고 한 그의 시처럼, 윤동주는 죽었으되 우리의 가슴속에서 언제나 살아있다.

어두운 시절의 시는
지지 않는 별이 되어

니시오카 겐지 교수님.

당신의 그 따뜻한 우정을 뒤로하고 후쿠오카를 떠나온 지도 어느새 여러 해가 지나고 있군요. 온통 흰빛으로 빛나던 사와라 구 뒷길의 키큰 회양목 아래 서서 손을 흔들어주던 당신의 모습이 떠오릅니다.

메이지의 묘원 가던 길에서였던가요. 그만 발을 헛디뎌 제가 넘어질 뻔했지요. 그때 당신은 황망히 다가와 손을 내밀었습니다. 쉰네 살 먹은 일본 남자의 까칠하면서도 섬세한 손을 타고 따스한 온기가 제게 전해졌습니다. 짧은 순간 함께 웃으며 서로의 눈을 바라보았던 것, 당신은 아마 기억하지 못하겠지요. 그 순간 우리는 서로의 역사유산 때문에 갈등하는 적대적 나라의 두 지식인이 아니었습니다. 햇볕처럼 따스한 화해의 기운 속에 하나가 되는 느낌을 경험했을 뿐입니다.

이제 얼마 안 있어 8·15가 됩니다. 똑같은 날이건만 당신네 나라에는 좌절의 날이었던 그날이 제 나라에는 심장이 멎는 듯한 기쁨의 날이었습니다. 헤어지기 전, 하카다 역으로 가는 제 차를 향해 당신이 말했지요.

"곧 8·15가 되는군요."

저는 잊고 있던 그날을 당신은 줄곧 생각하고 있었던 것입니다. 저는 고개를 끄덕였고 당신은 어색하고 미안한 미소를 지었지요. '미안합니다, 김상. 우리는 당신네 나라에 영원한 죄인입니다. 미안합니다, 김상.' 당신의 미소는 그런 말을 머금은 것이었습니다.

처음 후지사와 지하철역 개찰구에 마중나와 있던 당신을 만나, 어떻게 '윤동주 시를 읽는 모임'을 만들게 되었으며 위령제를 지내게 되었는지 물었을 때 당신은 대답했지요.

"나는 후쿠오카 사람이고, 내 집은 윤상이 최후를 마쳤던 바로 그 형무소 근처입니다. (…) 그렇게라도 하지 않을 수 없었습니다."

요컨대 당신의 대답은 윤동주의 문학 그 자체보다도 윤동주라는 한 순결한 정신을 피로 물들게 한 자신의 나라로 인한 씻을 길 없이 무거운 죄의식 때문에 윤동주의 자취를 더듬는 것이라는 울림으로 들렸습니다. 이런 말을 들은 기억도 납니다. 일본에는 성인을 받들고 제사지내는 풍습이 있다고. 나는 윤동주를 성인이요, 순교자라고 생각해왔노라고.

성인, 순교자…… 그렇습니다. 당신은 윤동주를 채 피어나지도 못한 한 사람의 문학청년이나 시인이라기보다는 순교자라고 말합니다. 서른세 살로 지상을 떠난 식민지 유대의 예수처럼 그도 스물아홉의 꽃다운 나이로 차디찬 감옥에서 시대와 민족과 자유의 십자가를 지고 죽음의 길을 간 순교자였다고 말입니다. 예수가 자기를 찌른 로마의 군인들을 위해 기도했듯이, 그도 형무소 당국에 의해 모진 고문과 함께 생체실험용으로 추정되는 주사를 맞아 피폐해진 중에서도 자신의 독방에 찾아

별밤을 우러르는 아이처럼
시인의 마음은 늘 그러했을 것이다.

와 울어준 귀뚜라미 한 마리에 감사한다고 했다지요. 확실히 성자다운 품성이었습니다.

그 윤동주가 옥사한 형무소로 가던 길에 당신은 규슈의 관문 하카다 앞바다에 얽힌 한·중·일 역사의 내력을 들려주었습니다. 일본에 끌려온 조선 도공들에게는 한 맺힌 바닷길이었을 그곳에 관해서 말입니다. 다시는 고향에 돌아가지 못한 채 일본 흙을 빚어 일본의 그릇을 만들어야 했던 도공들이 고향에서 온 저 하카다 만의 물에 손을 적시며 숨죽여 흘렸을 그 눈물에 대해서도 말입니다.

그러나 저는 그 말들이 들리지 않았습니다. 저만치 앞에 형무소가 보이기 시작하면서 가슴이 뛰었기 때문입니다. 그런데 막상 그 정문에 도착해서는 어리둥절해지지 않을 수 없었습니다. 저는 그것이 차마 감옥이라고 믿을 수가 없었습니다. 지금도 그 안에서는 간간이 사형이 집행되고 있다는 당신의 설명에도 바닷가 새하얀 오 층 건물은 잘 지은 미술관처럼 세련된 모습이었기 때문입니다. 건물의 어느 한구석에도 음산한 죽음이나 끔찍한 고문의 냄새 따위는 없었습니다. 푸르른 하늘과 파란 잔디에 가시철망 하나 없는 그 정갈한 건물은 곳곳에 평화투성이였습니다. 하마터면 아름답다고 탄성을 지를 뻔했지요.

윤동주 때의 건물 십여 동은 분산, 축소되었고 새로 지은 지 몇 년 안된다는 설명이었지만 그래도 이건 너무했다는 생각이었습니다. 형무소 뒤편으로는 소나무 숲 건너 바다가 출렁이고 있었습니다. 오른편 담 너머로는 운하 같은 가나구치 강이 흐르고 물가의 소나무에는 백로가 앉아 있었습니다.

담 하나를 사이에 두고 한쪽에서는 일본 남화에서나 봄직한 한가함 속에 햇빛이 쏟아지고 있었고, 다른 한쪽에서는 억압과 구속의 어두운 시간이 흐르고 있었습니다. 저는 일본의 이 양면적 풍경에 소름이 돋도록 무서워졌습니다. 죽음과 살의의 광기와 하얀 회벽의 구조물 사이에서 저는 혼란스러웠습니다. 역사의 완전범죄, 역사의 알리바이를 보는 듯했기 때문입니다. 윤동주는 저곳에서 "어둠이 내몰리고 시대처럼 올 아침"을 기다렸습니다. 그리고 그 아침을 위해 스스로 제단의 제물이 되어 "내 죽는 날 아침에는 서럽지도 않은 가랑잎이 떨어질"(시「무서운 시간」) 것이라고 했습니다.

1995년 이백 명이 모여 살풀이춤과 함께 윤동주 50주기 추모 위령제가 열렸다는 형무소 뒷담을 걸으며 당신은 언젠가 이곳에 윤동주의 시비를 세우겠노라고 말했지요. 바로 그때였습니다. 소름 끼치도록 음산한 소리와 함께 까마귀 한 마리가 날아왔지요. 형무소 하늘을 크고 둥글게 돌아 담 위에 앉은 그 까마귀와 대각선으로 지붕 한쪽에 번쩍, 또 다른 눈이 있었습니다. 교묘하게 가려진 감시카메라의 눈이었습니다.

까마귀의 눈과 감시카메라의 눈은 사선으로 각도를 이루며 형무소 하늘에 돌연 팽팽한 긴장감을 일으켰습니다. 근처 묘원과 형무소 사이를 날아다니는 새라는 설명이 끝나기도 전에 까마귀는 어느새 세 마리, 네 마리로 불어나 있었습니다. 저는 비로소 그 공간에 떠도는 불길하고 사악한 어떤 기운을 느꼈습니다. 그것들은 원혼들처럼 일시에 울어대기 시작했습니다. 아무리 교도소 당국이라도 저 검은 새들마저 희게 칠할 수는 없는 것이겠지요.

니시오카 교수님, 윤동주는 죽었습니다. 그토록 열망하던 해방을 불과 여섯 달 남겨두고 말입니다. 그러나 그의 죽음은 "가랑잎 같은" 죽음은 아니었습니다. 저는 여기서 윤동주의 시세계와 고난의 짧은 생애를 다시 언급할 필요를 느끼지 않습니다. 그가 다니던 대학, 그가 갇힌

98년 여름
후쿠오카 형무소에 있다만.
감시카메라의
눈 라
까마귀의 눈.

감시카메라의 눈과 까마귀의 눈
형무소 주변 하늘에는 불길한 울음을 우는 까마귀들이 날고 있었다.

형무소 자리가 서울의 신촌과 서대문에 걸쳐 있어서 당신 역시 언제라도 그곳에 가볼 수 있겠지만 그 모든 현장들은 시대의 광기와 폭력 앞에 무참히 스러진 한 젊은 영혼에 대한 아픈 기억을 떠올려줄 뿐입니다. 피어나지도 못한 꽃처럼 윤동주는 죽었습니다. 그러나 "나는 종점을 시점으로 바꾼다"(시 「종점」)고 했던 그의 예언처럼, 그는 죽었으되 민족의 가슴에 살아 있습니다. 일본인인 당신의 가슴에도.

안녕히 계십시오, 니시오카 교수님.

윤동주와 간도 용정　윤동주(尹東柱, 1917~1945) 일가는 함경북도 종성에서 살았다. 그러다 증조할아버지 대에 북간도로 옮겨왔다. 이 마을 사람들 가운데 윤동주의 친구이자 한국 기독교계의 중요한 인물이 되는 문익환 목사 일가도 있었다. 윤동주의 할아버지 대에 이들 가족은 명동촌으로 옮겨왔다. 이곳이 바로 윤동주가 태어난 고향이다. 아버지 윤영석이 명동학교 교원이었기 때문에 학교 마을의 큰 기와집에 살았다고 한다. 동생 윤일주의 회고에 따르면, 그 집에서 바로 대문을 나가면 커다란 우물이 있고, 언덕 중턱에 교회당과 종각이 보였다고 한다. 이러한 풍경이 아마도 "좇아오는 햇빛인데/지금 교회당 꼭대기/십자가에 걸리었습니다"라는 시 「십자가」의 한 구절이나, "산모퉁이를 돌아 논가 외딴 우물을 홀로 찾아가선 가만히 들여다봅니다"로 시작하는 시 「자화상」의 한 구절에 표현된 것이리라 짐작해볼 수 있다.

　윤동주의 가족은 그가 초등학교를 마칠 무렵 명동촌에서 다시 용정으로 이사하게 된다. 어린 시절의 풍경이 가장 집약되어 나타난 시가 바로 「별 헤는 밤」일 것이다. 그는 시에서 별이 가득한 밤하늘을 매개로 어린 시절을 회상하고 있다.

윤 동 주 와 후 쿠 오 카　　윤동주는 1942년 처음으로 일본에 가서 도쿄의 릿쿄 대학에서 한 학기를 마친 후 다시 어린 시절부터 함께해온 그의 사촌 송몽규가 있는 교토로 옮겨가 기독교 계통의 학교이자 그가 흠모해 마지않던 시인 정지용이 다니기도 했던 도시샤 대학에 다니게 된다.

그런데 당시는 일본 경찰의 조선인 유학생에 대한 감시와 탄압이 매우 심하던 시절이었다. 얼마 지나지 않아 1943년 7월 10일에 송몽규가 먼저 교토 시모가모 경찰서에 독립운동 혐의로 검거되었다. 그리고 며칠 후인 7월 14일에 윤동주가 귀향길에 오르려던 길에 하숙집에 들이닥친 경찰에 의해 같은 혐의로 검거된다. 1944년 2월에 기소된 그는 교토 지방재판소 재판 결과 징역 2년을 선고받았다.

그가 3년형을 받은 송몽규와 함께 후쿠오카 형무소에 수감된 후에는, 외부와의 연락이 일체 금지됐고 매달 한 장씩 일어로 쓴 엽서를 보내는 것만 허락되었다고 한다. 그의 동생은 "매달 한 장씩만 일어로 허락되던 엽서만으로는 옥중생활을 알 길이 없으나, '붓끝을 따라온 귀뚜라미 소리에도 벌써 가을을 느낍니다'라고 쓴 나의 글월에 '너의 귀뚜라미는 홀로 있는 내 감방에서도 울어준다. 고마운 일이다'라는 답장을 받은 일이 기억된다"고 회고했다. 그리고 이때 영어와 일본어가 나란히 인쇄된 신약성서를 보내달라고 해서 옥중에서 읽었다고 한다. 1945년 2월에 그가 위독하다는 내용의 우편 통지서가 만주 용정의 고향집에 배달되었다. 가족이 일본에 갔을 때는 이미 윤동주가 사망한 뒤였다. 그리고 송몽규 역시 보름 정도 지난 3월 중순에 사망하고 만다.

그의 가족들이 세운 묘비에는 그가 생전에는 듣지 못하던 '시인'이라는 칭호가 새겨졌으며, 1995년에는 그의 모교인 도시샤 대학에도 대표작 「서시」를 친필로 적은 시비가 세워졌다.

정조문·정영희와 교토

어떤 기질은 핏줄을 타고 부모에서 자식으로 이어진다. 하물며 그것이 모국에 대한 그리움이라면 당연히 전수되고 남음이 있지 않겠는가. 정영희는 고려미술관을 세운 정조문의 장녀. 그녀는 조선의 문화를 자연스럽게 익히고 나눌 만한 장소를 꿈꾸며 '이청'을 열었다. 그녀는 부친이 열도에 알리고자 했던 '조선의 미'에 담백하고 정갈한 '조선의 맛'을 더해 이 공간을 꾸몄다. 열도에서 이청만큼, 친근한 누이의 집에 머물듯 편안한 마음으로 조선의 향기를 느낄 수 있는 곳이 또 어디 있을까.

낡고 소멸하는 것들의
아름다움

나는 아직 물과 고요의 도시 교토에 있다. 시간과 세월이 앙금 되어 남아 있는 이 고도는 한길을 제외하고 나면 거의 인사동 같은 분위기다. 오래된 일본식 목조 가옥의 뒷길을 걷다보면, 낡은 것이야말로 정겹고, 오래된 것이야말로 아름다움임을 새삼 느끼게 된다. 그 위에 푸짐한 가을햇살 같은 안온함이 있다. 한지에 스미는 불빛 같은 그런 안온함과 아늑함이다.

근대 작가 다니자키 준이치로는 그의 『음예공간 예찬』에서 '너무 밝다' '너무 차다'라는 말로 현대 문명의 두 가지 특징을 함축한 바 있다. 어스름 달빛 같은 것을 용납하지 않는 차갑고 눈부신 인공조명, 땅과 물과 햇빛이 조리하는 고유한 맛을 앗아가는 냉장고에서 꺼낸 차디찬 음식들로 인해, 결국 정신과 영혼도 온기를 잃고 차갑고 싸늘하게 되고 있다는 말이다.

교토의 기와돌담 아래를 거닐며 나는 다시 그 말을 음미하고 있었다. 교토의 뒷길 중에 특히 아름다운 곳이 기타무라 미술관이 있는 길이다.

이 미술관은 푸르스름한 이끼 덮인 태정苔庭, 이끼의 정원이다. 고요함 속에서 똑똑 떨어지는 물방울 소리뿐인 이러한 정원을 일본인들은 '선정禪庭'이라고 부르기도 한다.

일본인들은 좁은 집에 사는 대신 사찰이나 문예 공간 같은 곳에 함께 즐길 만한 정원들을 잘 가꾸어놓고 있다. 서구식 광장과 같은 개념인 셈이다. 그래서 수많은 명찰들도 본존 불상에 집중하기보다는 그곳에 이르는 정원에 많은 정성을 기울이고 수목을 가꾸기 즐겨 한다. 오죽하면 사찰로도 모자라 정원 미술과 정원 박물관을 만들 정도일까.

이 뒷길은 양재 교실이나 도시샤 대학 여자기숙사 같은 간판이 간혹 보이지만, 한적한 일본식 가옥들로 이어진다. 그래서 적어도 60~70년 전의 옛 거리를 걷는 기분이 된다. 그 조용한 주택가에 역시 일반 주택과 잘 구분이 되지 않는 여관인 미구루마 회관의 맞은편에 '이청'이 있다. 이조백자와 고려청자에서 한 자씩 따서 지었다고 한다.

황병기류의 국악곡이 흘러나오는 이 조선식 음식집 겸 찻집의 문을 열면, 은은한 미소 속에 학처럼 서 있는 아름다운 여인을 보게 될 것이다. 훌쩍 큰 키에 기품이 있는 자태가 소나무 아래의 학을 연상시키는 모습이다. 일찍이 교토에 고려미술관을 세운 고 정조문 선생의 큰따님인 정영희 여사다.

"어서 오세요. 먼길에 피곤하셨을 터인데…… 더운 모과차를 드릴까요?"

그녀의 따뜻한 인사에 오랜 지인의 집에 온 듯 금방 편안해진다. 인사동 '귀천'에서나 마시던 모과차를 교토에서 마시게 된 것도 즐겁다. 이청은 일본의 청년 문학가와 화가와 음악가 들이 즐겨 모이는 명소다. 어쩌면 그들은 음식보다도 주인의 따뜻한 미소와 마음 때문에 이곳을

추색에 물든 교토
시간과 세월이 쌓여 있는 물과 고요의 도시. 유서 깊은 목조 가옥과 전통 정원 사이를 아늑한 가을햇살을 받으며 걸었다.

더 찾게 되는지도 모르겠다.

그녀는 자신의 부친이 생애를 바쳐 한국 미술품을 모아 미술관을 세웠듯이, '미美' 아닌 '미味'로써 일본 속에 조용히 조선 식문화를 심고 가꾸어온 사람이다. 지나치게 달짝지근하거나 느끼한 다이(도미) 조림이나 스노모노(어패류나 야채를 식초로 양념한 일본 요리)의 새콤한 일식 맛에 물린 사람이라면, 이청에서 나오는 담백한 오이냉채와 쌉쌀한 산채로 한결 입맛을 돋울 수 있을 터다.

역시 조선의 맛은 조선의 미와 하나다. 고려미술관의 미술품에 눈길을 던졌을 때 얻는 그 상쾌하면서도 맑은 솔바람 같은 느낌이 이청의 미각에서도 그대로 느껴진다. 차를 기다리는 동안은 누구라도 그녀의 부친이 저술한 『일본 속의 조선 문화』며 야나기 무네요시의 저 유명한 『조선과 그 예술』 같은 저서들이 꽂힌 서가로 눈길을 돌리게 된다. 그리고 그 눈길을 조선 고가구와 백자 달항아리로 천천히 옮길 때쯤이면, 벌써 알 수 없는 조선 예술의 매력에 이끌릴 것이다.

정 여사는 한눈에 옛날 문정숙이 나오는 〈만추〉 같은 영화 속 여주인공 같은 분위기다. 그녀와 자리를 함께한다면 누구라도 그 맑고 기품 있는 자태가 하루이틀에 얻어진 것이 아니라는 사실을 알게 된다. 그녀는 초등학교에 가기도 전부터 부친의 서재에 들어가서 무릎을 꿇고 조선의 문화와 미술에 대해 교육을 받았다고 한다. 물론 조선의 예법도. 비록 일본에 살지만 조선이 그 문화와 예술 면에서 일본의 맏형이나 스승 격이었다는 사실을 문헌과 사료를 통해 공부한 그녀는, 일본적 전통에 대한 자긍심이 유난히 강한 도시 교토에 살면서도 조선 문화의 우월성과 긍지를 잃지 않았다.

정영희의 서늘하면서도 기품 있는 아름다움 속에는 확실히 부친 정

이청의 난蘭
젊은 일본 미술가들에게 조선 문화의 따뜻함을 느끼게 하는 곳, '이청'. 장소뿐 아니라 안주
인에게서도 맑고 그윽한 난향이 풍겨나온다.

조문의 수려함이 그림자처럼 배어 있다. 그녀가 한국의 음식문화에 깊은 관심을 갖기 시작한 것도 이런 집안 내력 덕분이었을 터다. 그녀는 음식이야말로 모든 문화, 모든 예술의 총체라 생각했고, 부친이 미술로 그러했듯이 자신은 담박하면서도 격조 있는 조선의 맛으로 동포들의 목마름을 해갈해주리라고 생각했다는 것이다.

그녀의 '이청'은 조선 선비의 서재와도 같은 분위기로 꾸며져 있다. 은은하게 불빛이 새어나오는 이곳의 지붕 아래에서 한잔의 차를 마시다보면, 이 가을의 쓸쓸한 시간마저도 한층 따스하게 지날 것만 같다. 그녀는 교토 근교 자신의 밭에서 직접 따온 야채로 만든 한국식 비빔밥을 대접하면서, 한사코 호텔보다는 집에 와서 묵으라고 권유한다. 나그네에게 누추하지만 집에 와서 묵으시라는 말은 이미 한국에서도 사라진 지 오래여서, 어쩌면 그녀는 그녀의 애완물들처럼 시대를 훌쩍 넘어 그 정서가 조선조에 닿아 있는 것만 같았다.

그녀의 이런 따뜻한 배려로, 나는 먼 곳에 사는 누이를 찾아온 것처럼 푸근한 마음이 되었다. 동포란, 핏줄이란 이래서 좋은 것일 터. 일본인이라면 초면의 나그네에게 의례적인 인사 이상의 이러한 친절을 베풀지는 않을 것이다. 옷소매를 잡아끄는 정겨운 환대야말로 그녀가 아무리 일본에서 나고 자랐다 해도 갈 데 없는 한국인임을 나타내주는 대목이다.

창밖으로 마지막 가을의 햇빛이 부서지고 있었다.

"교토가 벚꽃에 뒤덮이는 날을 골라 다시 올 것을 기약할까요?"

웃으며 일어서는 내게 그녀는 고개를 끄덕였다. 사람들은 흔히 눈처럼 벚꽃이 날리는 교토의 봄을 말한다. 그 벚나무 아래서의 만남을 기약한다. 그러나 이 가을의 교토는 낡은 것, 소멸해가는 것 또한 아름다움임을 일깨운다.

"들어가십시오."

돌아서서 손짓으로 말했지만 그녀는 멀어지는 나를 바라보며 언제까지나 '이청'의 문밖에 서 있었다. 오랜만에 해후했던 누이처럼. 그렇다. 나는 지금 이역의 도시에서 모처럼 만난 누이를 혼자 두고 나의 땅으로 돌아가는 것이다. 이 가을의 석양이 아니라 인생의 석양을 건너는 나이 때쯤, 문득 저 집을 다시 찾게 된다면, 누가 또 저렇게 손을 들어줄까.

천 천 히   읽 기

통 일 된 조 국 의 꿈 , 정 조 문 선 생 일 대 기   정조문(鄭詔文, 1918~1989) 선생은 1918년 경북 예천군 풍양면 낙동강 강가 마을에서 태어났다. 여섯 살이던 1932년 아버지를 따라 일본에 왔지만 건너온 지 얼마 되지 않아 아버지가 돌아가셔서 초등학교도 6학년까지밖에 다니지 못했다. 그 무렵 재일교포는 조총련계 아닌 사람이 없었고, 정조문도 이념적 지향과 무관하게 사업을 하기 위해 그쪽에 속하지 않을 수 없었다.

　정조문 선생은 1949년 무렵의 어느 날 골동품점이 모여 있는 교토 산조三條 남쪽 거리를 걸어가다 어느 가게 진열장에 놓인 둥그런 조선백자 항아리 하나를 발견했다. 운명적인 만남이었다. 조선 것이라는 이유로 그 항아리를 포기할 수 없었던 그는 월부로 그것을 샀고, 고국에 돌아갈 때 가지고 가겠다고 결심했다. 이를 계기로 조선 문화에 관심을 갖게 된 그는 1969년에 소설가인 형 정귀문과 함께 조선문화사를 설립, 이후 십삼 년간 『일본 속의 조선 문화』라는 계간지를 발간하기도 한다. 일본의 유명 작가 시바 료타로와 고고학자 우에다 마사아키 등이 참여한 이 잡지는 일본 지식인들 사이에도 널리 인정받았을 뿐 아니라, 한일 문화의 교류가 뿌리 깊은 것임을 알리고 그 관계의 기원을 추적해 일본인의 '단일

민족설' 등을 전면 반박하는 등 한일 고대사 연구에도 공이 컸다고 한다. 그리고 도자기를 비롯한 한국 고미술품과 민예품을 본격적으로 수집하기 시작했다. 그리고 수집품이 1700여 점을 넘자, 1988년 자신이 살던 집을 개조하여 고려미술관을 세웠다. 일본인은 물론, 일본에서 자라 조선 문화를 알지 못하는 조선인 자녀들, 즉 재일동포 3~4세들이 조국의 역사와 문화에 관심을 기울이기를 바라는 마음으로 해낸 일이었다. 잡지 제목과 달리 미술관 명칭을 '고려'로 한 까닭은 남에도 북에도 치우치지 않기 위해서였다. 또 평소 분단된 조국의 통일을 열망하던 그는 외세의 개입 없이 자력으로 이룩한 최초의 왕조인 고려 왕조를 따서 미술관 이름으로 삼았던 것이다. 한반도 밖에 있는 유일한 한국 미술관인 고려미술관은 국보급 미술품들을 포함한 다양한 소장품을 자랑한다. 그러나 안타깝게도 고려미술관 개관 이듬해에 세상을 떠난 그는 꿈에 그리던 조국의 땅을 다시 밟지 못하고 말았다.

교토의 고려미술관   한국에는 간송 전형필(全鎣弼, 1906~1962)이 세운 간송 미술관이 있다면, 일본에는 재일조선인 정조문이 세운 고려미술관이 있다. 지하 1층, 지상 3층의 이 박물관에는 국내에서 볼 수 없는 문화재급 고미술품들이 소장돼 있다.

미술사적으로도 그 값어치가 크지만 특히 천문도라는 점에서 더욱 흥미로운 〈치성광불여래제성왕림도熾盛光佛如來諸星往臨圖〉는 조선 선조 2년(1569)에 제작된 것으로 이 박물관 소장품 중에서 으뜸으로 꼽힌다. 또 1689년에 승려 색난이 제작한 〈목조삼존불감木彫三尊佛龕〉과 〈심우도尋牛圖〉는 귀중한 불교 미술품으로 평가되고 있다. 조선시대 십장생 병풍과 평양성 그림 병풍을 비롯해 조선 말 권돈인과 김정희가 함께 그려서 족자로 꾸민 〈시문산수도詩文山水圖〉 역시 고려미술관이 자랑하는 명품이다. 14세기에 제작된 고려청자 상감운학문완이나 17세기에 만들어진 조선 청화백자인 철사 용문호 등도 시선을 끈다.

　고려미술관에서 멀리 떨어지지 않은 곳에 정조문 선생의 딸인 정영희 여사가 운영하고 있는 조선풍의 찻집 '이청' 이 있다. 정영희 여사는 우리 문화유산을 자연스럽게 익히고 말할 만한 장소를 꿈꾸다가 이청을 열게 되었다고 한다. 지리산 화개차와 수정과를 비롯해 우리 차와 가벼운 전통 음식을 손수 만들어 대접하고 있으며, 역시 예사롭지 않은 민예품들로 꾸며져 있다. 또 생전 정조문 선생이 가장 아꼈다는 조선백자가 이곳에도 전시돼 있어 은은한 백자의 빛을 보며 차의 향기를 음미할 수 있다.

이삼평과 아리타

일본의 대표적 도자기 아리타 도기의 시조는 임진왜란 때 끌려간 조선 도공 이삼평. 그는 첩첩 산들과 산 너머 바다에 갇힌 이 천인의 요새 아리타에서 뼈를 저미는 고독 속에서 오직 흙과 대화하고 호흡하며 도자기를 만들었다. 그렇게 이삼평의 혼이 담겨 이어져내려온 아리타 도기는 신품神品으로 칭송받으며 세계 전역으로 수출되고 있고 아리타는 여전히 일본의 중요한 관광지로 각광받고 있다.

이역에서 우는
조선 도공의 혼

"밤에 혼자 전시실의 도자기 사이를 거닐다보면, 여기저기에서 조선 도자기의 흐느끼는 소리가 들립니다. '돌아가고 싶다, 고향에 보내달라'고 하는…… 그때마다 '가문에서 한 세기 동안이나 애지중지 모으고 친자식처럼 보살펴온 조선 도자기 삼천 점은 역시 남의 나라 물건이었구나' 하는 생각에 비감에 빠져듭니다. 요즘에는 전시실에 들어가기가 두렵습니다."

외국인으로는 세계에서 가장 많은 조선 도자기를 소장하고 있다고 알려진 오사카의 후지하라 리세이도. '이조의 청화백자를 모으는 집'이라 해서 이름까지 '리세이도李靑堂'인 그곳의 5대 주인 후지하라 도시와 씨의 말이다. 신화와 전설의 이름 이삼평에 대해 들은 것은 어제오늘의 일이 아니었다. 한·일 도자기 역사의 여기저기에서 그의 이름은 쉽게 발견할 수 있었다. 나는 오래전부터 조선 도공 이삼평이 신의 재주로 빚었다는 백자가 보고 싶었다. 그가 그릇을 굽고 빚었던 아리타有田에 가보고 싶었다.

아리타, 그곳을 생각하면 늘 가슴이 설렜다. 그러다가 인연이 닿아 이삼평의 작품을 다수 소장하고 있다는 후지하라 도시에와 씨와 전화 연결이 된 것이다.

"내일 마침 경매장에 가기 위해 뉴욕으로 떠날 참이었는데……"

젊은 도시에와는 망설이며 그렇게 말했지만 결국 하루를 연기해 내가 올 때까지 기다리겠노라고 했다. 하긴 오사카까지 한달음에 오게 된 것도 이삼평의 혼이 끌어서인지 모르겠지만 어쨌든 나는 이삼평 작품들을 보기 위해 현해탄을 건넌 것이다.

안에서 소중하게 운반되어온 상자의 하얀 보자기를 풀면서 그의 손은 가볍게 떨리고 있었다. 그것은 아직 외지인에게 보인 적이 별로 없는 명품으로, 삼백오십여 년 전의 이삼평 작품이거나 그의 지휘하에 만들어진 조선 도공의 것으로 추정된다고 했다.

"고향에 돌아가고 싶다는 도공들의 원혼을 외면할 길이 없어서 언젠가는 이것들을 모두 한국에 돌려보내야겠다고 생각하고는 있지만…… 차마 정을 끊을 수 없고…… 되돌려보낸다 해도 (우리 가문이 그래온 것처럼) 백 년, 천 년 잘 보존할 수 있을지……"

당신네 나라에서 말이오, 물론 그 마지막 말을 하지는 않았다. 그러나 유감스럽게도 나 역시 그런 걱정일랑 말고 돌려나 달라고 탕탕 말할 수가 없었다.

호흡을 고르며 보자기를 풀자 상자 안에는 계집아이의 속살 같은 청화백자 사면병이 수줍게 모습을 드러낸다. 깨끗하고 고결한 모습이다. 도시에와는 이 작품이 위대한 도자기 마을 아리타의 고이마리(古伊萬里. 이마리는 아리타 옆의 작은 도시로 고급 도자기 수출항으로 유명했다. 여기에서 유래해 17세기에 아리타에서 생산된 백자를 고이마리라 부른다)로, 비록 일

이즈미야마 (
자석장

빠르게 스케치한 이즈미야마 자석장
이곳을 처음 발견한 사람도 조선 도공 이삼평으로 되어 있다.

본땅에서 만들어지기는 했으나 틀림없는 조선백자라고 일러준다. 당시 일본인들은 흙의 질뿐 아니라 굽는 기술도 열악해서 이렇게 고열로 구워낸 우아하고 단단한 자기는 꿈도 못 꾸었다.

"보십시오. 저기 남화의 세계가 있지 않습니까. 우리 가문에서는 저 신비한 매력에 혼을 뺏겨 5대를 이어 빠져들었지만 아직 그 끝이 보이지 않습니다."

도시에와가 말하고 있는 중에 작은 문이 열리고, 머리에 하얗게 서리가 앉은 4대 주인 후지하라 히로시 씨가 나온다. 그는 낡은 고서 목록을 한아름 가지고 나와 조선 도자기 수집의 가력家歷을 설명해주었다. 간간이 서울 남산에 있었다는 경성미술구락부며 간송 전형필 같은 이의 이름도 나온다. 그는 다시 그윽한 눈길로 청화백자를 애무하며 결론지었다.

"이것은 도신陶神의 손이 아니라면 만들 수 없는 것입니다."

나는 가문에서 어떻게 조선 도자기를 모으기 시작했냐고 물었다. 히로시 씨는 다소 엉뚱하게도 이렇게 말했다.

"일본의 비극은…… 보는 눈은 갖고 있으되 만들지 못한다는 것인데……"

리세이도의 1대 주인은 일본인 중에서도 특히 조선의 명품 도자기를 알아보는 데 일급의 눈을 가지고 있었다는 것이다. 모두들 중국 자기에 열을 올리고 있을 때 그는 '야나기의 눈은 항상 옳다'고 생각했다는 것이다. 야나기는 바로 우리의 민예 미술을 극찬했던 당대 최고의 미학자이자 미술비평가였다.

조선 도공 이삼평, 고문서에 '조선 출신 금강인'이라는 희미한 기록하나가 남아 있을 뿐인 일개 도공이었지만 그는 일시에 일본인의 미의

식에 혁명을 일으켰고 일본인들은 그 앞에 무릎을 꿇었다.

그때, 왜 그랬을까. 나는 불쑥 묻고 말았다.

"이거 얼마나 합니까?"

이 천박한 질문 하나로 실내에 흐르던 투명한 공기는 높은 데서 유리컵이 떨어지듯 산산조각이 나버리고 말았다.

"지금 이 순간만큼은 가급적 가격이 아닌 작품의 혼으로 이야기하고 싶었습니다만…… 굳이 말씀드린다면……"

5억 엔쯤이란다.

"신품神品을 앞에 두고 저희가 가급적 가격 얘기를 안 하려 하는 것은…… 다 듣고 있기 때문입니다."

밭에 있는 두 소 중 어느 소가 밭을 잘 가느냐는 질문에 소가 듣는다고 농부가 질겁을 했다는 얘기는 알고 있었지만 사람들의 말을 도자기가 듣는다는 것은 또 난생처음이었다. 이쯤 되면 조선 도자기는 그들에게 종교였다.

몇 점의 이삼평류 고古도자기들을 더 보고 저물녘이 되어서야 리세이도를 나왔다. 밖엔 가랑비가 내리고 있었다.

1991년의 어느 가을밤, 그때도 비가 내리고 있었던 것으로 기억된다. 뉴욕에 사는 지인에게 전화를 받았다. 오늘 메트(메트로폴리탄 미술관)에 가서 한국 도자전을 보았노라고. 그런데 그 전시의 이름이 'Korean Ceramics from the ATAKA Collection(아타카 소장 한국 도자전)'이었노라고. 아타카라면 오사카에 동양 도자미술관을 세운 일본 회사인 아타카 아니냐고. 자신의 서가에 꽂혀 있는 고단샤講談社의 『이조의 민화』에 이어 메트의 아타카 한국 도자전은 충격이었노라고. 샌프란시스코로 시카고로 옮겨다니는 조선백자들이 참 피곤해 보이더라고. 박물관을 떠나오며 육친과 헤어지는 것 같아 참 울적했노라고. 고국을 떠나 떠도는 자신의 신세와 남의 나라 소장품으로 전시되는 조선 도자기의 처지가 너무나 같았노라고. 우리는 왜 맨날 이 모양이냐고 한탄을 했다는 것이다. 나도 피붙이를 두고 오듯 다이유지太融寺 표석이 서 있는 뒷골목 리세이도의 누런 벽돌 단층집을 몇 번씩이나 돌아보았다.

다음날 아침 아리타로 갔다. 도신의 자취를 찾아, 열차편으로 한나절을 달려 작은 시골역 아리타에 도착했을 때 나는 깜짝 놀랐다. 사백 년의 세월을 훌쩍 넘어 엊그제 고향을 떠난 듯한 조선 도공이 거기에 서 있었던 것이다.

이삼평 13대 가네가에 상, 우리네 시골 논둑길 같은 데서 마주칠 법한 촌로의 모습 그대로였다. 두번째 놀란 것은 아리타를 굽어보는 거대한 이삼평의 비碑였다. 산 하나가 통째로 받침돌이 되어 까마득히 저편의 이삼평 비를 떠받치고 있었다.

규슈 사가 현 아리타, 그곳에서 시간은 '흐르는 것'이 아니었다. 웅덩이의 물처럼 그냥 '고여 있는 것'이었다. 간이역 같은 작은 역에 하루 몇 차례 기차가 지나가고 나면 그뿐, 적막하기 그지없는 그곳은 겹겹의 산에 둘러싸인 분지였다. 폭설이라도 만나면 꼼짝없이 갇혀버릴 형국이다. 가와바타 야스나리의 소설에나 나옴직한 이 요새 같은 천연의 도요지(도기를 굽던 가마터)에서, 고향을 떠나 끌려온 조선 도공들은 야반도주조차 할 수 없었을 것이다. 모든 예술의 걸작품들은 온전히 혼을 쏟아부어야만 나오게 되어 있다. 예술가의 혼은 어수선한 가운데서는 온전히 한곳으로 쏟아부어질 수 없다. 이삼평을 비롯한 조선 도공들의 작품이 진실로 신품이고 걸작품이라면 그것은 기술보다는 정신이 오로지 하나로 쏟아부어져서 그렇게 된 것일 터다.

저 첩첩 산들과 산 너머 바다에 갇힌 이 천연의 요새에서 그들은 뼈에 저미는 고독을 맛보았을 것이다. 대화인들 제대로 있었겠는가. 흙과 대화하고 호흡하는 것 외에 누구와 말 한마디인들 나눌 수 있었겠는가. 그런 면에서 "도자기 우는 소리를 들었다"는 후지하라 도시에와의 말은 과장이나 거짓이 아니라는 생각이 들었다. 도자기가 운 것은 바로 조선 도공이 운 것이리라.

검은 기와지붕마다 푸르스름한 이끼가 덮인 도자기 가게 거리를 걸으며 나는 시간의 숨결과 옛 조선 도공들의 호흡을 고스란히 느낀다. 그러면서 한편 쓸쓸하다. 왜 아리타 도자기의 스승 나라인 한국에는 이런 '시간의 앙금' '세월의 숨결'을 찾을 수 없는가. 왜 강진, 여주, 이천은 오랜 도자기 역사를 가지고 있으면서도 급조된 것 같은 느낌을 주는가. 왜 우리에게는 아리타가 없고 징더전景德鎭이 없는가. 없는 것이 아니라, 있으되 전통을 만들지 못하는 것이리라.

대대로 천황이 사용하는 식기와 다완을 공급해왔다는 유서 깊은 고란샤香蘭社가 있는 아리타야키有田燒의 성지 아리타. 얼마 안 되는 읍 단위 인구에 도자기 가마만 이백여 개에 이르고, 삼백 곳이 넘는 도포(陶鋪, 도자기 가게) 중에는 13, 14대를 이어온 오래된 가게들이 예사로이 있는 곳. 이 작은 고읍을 거닐며 나는 이노우에 야스시나 가와바타 야스나리의 문학 속 장소에 와 있는 듯한 느낌이 들었다. 그만큼 아리타는 물속의 도시처럼 적막하고 곳곳에 시간이 퇴적되어 있었다.

이삼평가는 이곳에서 사백여 년 동안 정신적 지주였다. 도자기 전쟁이라 일컬어지는 임진왜란 때 조선으로 원정 온 이곳 번주 나베시마 나오시게가 하카다 앞바다로 끌고 온 한 조선 도공은 이곳에서 아리타 도자기의 조상이 되고, 결국에는 '신'으로 떠받들린다. 그리하여 이제는

朝鮮陶工李參平

조선 도공 이삼평
흙과 불과 달빛만을 벗삼았던 도공 이삼평의 모습을 상상하며 그려보았다.

그가 발견했다는 백자광白瓷鑛 '이즈미야마 자석장'과 가마터 '덴구다니'는 물론, 그가 눕고 앉은 곳마다 모두 역사의 흔적이 되어 있었다. 임진·정유의 조일전쟁을 도자기 전쟁이라 부르는 것도 전쟁을 통해 조선 도공들의 다양한 기술은 물론, 그 예술성까지 일본이 흡수할 수 있었기 때문이다.

'시간이 고여 있는' 아리타에서 외부와 연결되는 통로는 기차와 전화뿐. 그나마 내가 묵은 이 층짜리 장급 호텔에서는 서울과 통화하는 것조차 어려웠다. 국제전화는 송신소를 통해야 하는데 비가 오는 날이면 그 연결이 쉽지 않다는 것이었다. 이럴 수가 있느냐니까 예순 살쯤 된 호텔 주인 남자는 죄송하지만 그럴 수 있단다. 호텔이 생긴 이래 국제전화를 신청한 것은 내가 두번째라는 것이다. 거짓말이 분명하고 어이가 없었지만 이들은 짐짓 이런 격리와 불편 속에서 고스란히 아리타야키의 전통을 지켜냈을지도 모른다는 생각이 들었다.

이삼평가는 그 명성이 무색하게 빈한의 냄새가 짙은 작은 집이었다. 현관문을 밀자 늙은 부인이 마루에서 무릎을 꿇고 머리를 조아린다. 벽에는 선대들의 사진과 붉은 바닥에 푸른색으로 그린 가문의 문장이며, 한국 우표를 모은 액자가 걸려 있다. 작업장은 삐걱거리는 이 층의 작은 다락에 있었다. 그곳에서 이삼평 13대 가네가에 상은 시종 미안해했다. 자신은 가문의 빛나는 전통을 충실히 이어오지 못했노라고.

"시대의 탓으로 돌리고 싶진 않지만……"

워낙 험한 세월을 살았단다. 그것은 이미 허다한 풍상이 지나간 그의 얼굴이 말해주고 있었다. 징용을 피해 국영철도회사에 입사했고, 그 때문에 도자기 작업을 충실하게 하지 못해 죄스럽다고 고개를 숙였지만 그의 작품은 결코 만만치가 않았다. 무엇보다도 그와 그의 아들이 만든 작품 속에는 조선백자의 그윽함과 순수함, 해맑음이 살아 있었다. 갈데 없는 조선 도공의 작품이었다. 그 점을 말하자 칠십 노인의 얼굴이 빨개진다. 그의 늙은 아내 역시 내가 뭔가 질문을 하려 하자 소녀처럼 얼굴을 붉히며 남편의 등 뒤로 숨는다. 남자 앞에 나서려 하지 않는 나이든 일본 여인 특유의 관습이었다. 별 볼일 없어 보이는 작품마저 뼈를 깎는 고뇌 어쩌고 하며 과시하려 드는 느끼한 예술가들이 득시글거리는 서울에서 온 나는 새삼 예술가의 이런 수줍음이 신선했다.

내가 머물던 호텔 식당에서 마지막 저녁을 함께 나눌 때 노인은 수년 전 처음으로 한국에 왔을 때 이야기를 했다. 그때 공주에 있는 '이삼평 비'를 찾아가서 한없이 울었다 한다. 고향을 떠나와 이국에 뼈를 묻은 선조가 슬퍼서이기도 했고, 고향에 돌아오지 못하고 사는 자신의 신세가 서글퍼져서이기도 했다는 것이다. 그때 원 없이 울고 나서 비로소 고국에 대한 한을 풀 수 있었노라고 했다.

문득 '규슈 도자문화관'의 요시나가 학예과장의 말이 떠올랐다. 이삼평과 수많은 조선 도공들은 그들의 경이로운 기술과 예술성으로 '조선 도공 보호구역' 안에서 극진한 대접을 받긴 했지만, 그렇다 하더라도 그들은 결국 조선인이었고 '섬'처럼 고립될 수밖에 없었다고. 이즈미야마의 수많은 무명 도공비들이 그것을 얘기해주고 있다고.

이삼평 13대, 그 또한 '섬'이었다. 노인은 내가 서울에서 가져온 고추장을 너무도 맛있게 먹었다. 그 모습을 바라보고 있자니 왈칵 육친의 정이 솟구쳐올랐다. 조금 남은 고추장을 더 드시라고 건네면서 눈물이 나올 것만 같아 얼른 창밖 먼 곳을 바라보았다.

아리타를 떠나오던 날 두 내외는 역에 미리 나와 있었다. 온기가 전해오는 도시락을 미리 준비했다가 마실 것과 함께 내밀었다. 기차를 타고 가면서 먹으라고. 시골 숙부라도 찾아뵙고 가는 느낌이 들었다.

기차가 움직이고 역구내를 완전히 빠져나갈 때까지 노인 내외는 손을 흔들고 서 있었다. 문득 일본인들이 따라오지 못하는 것은 도자기의 기량만이 아니라 도자기 속에 배어 있는 저 따뜻한 마음이 아닐까 싶었다. 그렇다. 조선의 자기는 조선인의 마음이었다. 도자기는 그 마음의 거울일 뿐이었다.

아리타에서 돌아와 계룡산과 부여, 공주 일대를 둘러보았다. 완만한 능선과 부드럽게 그 능선을 돌아 흐르는 강. 동학사로 가는 '박(씨)정자' 삼거리 야산 중턱의 '이삼평 비'에 이르러 동행한 일본인 미술가는 탯줄을 따라 자궁으로 들어가는 느낌이라고, 꿈의 고향에 돌아온 느낌이라고 말했다. 그러고 보니 나 역시 이 일대를 어디에선가 본 듯했다. 아리타! 공주는 또하나의 아리타였다. 그렇다. 태생지 논란에도 불구하고 이곳에 이삼평의 비석이 서게 된 것은 바로 그의 혼이 간절히 바랐기 때문이 아닐까. 뼈는 이역에 묻혀 이미 그곳의 흙이 되었지만 혼만은 이곳에 돌아와 깃들고 싶었던 것이리라.

'도 자 기 의   시 조' 이삼평   일본에서 '도자기의 시조'라 불리는 조선
인 도공 이삼평(李參平, ?~1655)은 일본의 대표적 도자기 '아리타 도기'의 시조 즉
'도조陶祖'로 추앙받는 조선 출신 도공이다. 임진왜란 때 조선에 출병한 사가 번
의 번주 나베시마 나오시게가 1598년에 그를 일본으로 데리고 갔다. 임진왜란
당시 일본에서는 다도가 널리 유행했으나, 백자를 굽는 기술을 가지고 있지 못했
기 때문에 다이묘들이 훌륭한 찻잔을 구하기 위해 애를 많이 썼다. 그래서 임진
왜란 때 조선의 도공들을 데리고 귀국했다. 이러한 이유로 임진왜란을 '도자기
전쟁'이라고 부르기도 한다.

　이삼평은 사가 번 아리타에 살면서 1616년 이즈미 산의 덴구 계곡에서 백자를
굽기에 알맞은 고령토를 발견해 여기에 가마를 설치하고 도자기를 구웠다. 이를
계기로 다나카 마을이 일약 도자기 산업의 중심지로 번창했다. 그가 창시한 가마
의 도자기는 '아리타 도기'라 불리며, 아리타에서 멀지 않은 이마리 항구를 통해
일본 전국으로 팔려나갔다. 17세기 중반부터는 네덜란드 동인도회사를 통해 유
럽 등지로 수출되기도 했다. 처음 아리타 도기에는 조선의 문양이 그대로 사용되
었으나 나중에는 고유한 일본 양식으로 발전하게 된다.

기록에 의하면 이삼평은 1655년에 사망했다고 하며, 1959년 도자기 가마 부근에서 그의 묘석 일부가 발견되었다. 지금은 도조 이삼평의 묘로 지정되어 아리타 사적으로 관리되고 있다.

아리타 시민들은 이삼평이 처음 가마를 만든 지 300주년 되는 해인 1916년에 이 신사 뒤편의 산에 '도조 이삼평 비'를 세웠으며, 1917년부터는 그를 기리는 축제인 도조제를 매년 열고 있다. 1990년에는 그의 고향과 가까운 충남 공주에 한일 합작 기념비가 세워지기도 했다.

도자기의 고향 아리타　　일본 규슈 지방의 사가 현에 자리잡은 아리타 시는 일본 최초로 백자를 생산한 곳이자 '아리타 도기'의 생산지다. 이삼평이 이곳에서 처음 아리타 도기를 만든 후로 이곳 주변에 사기장들이 점점 모여들게 됐다. 도자기 가마의 수가 점점 늘어나게 되자 당시 이곳의 다이묘였던 나베시마는 대충 흉내만 내는 일본인 사기장들은 몰아내고 조선인 사기장들에게만 도자기 가마를 운영하는 것을 제한적으로 허용했다.

지금까지도 아리타 시에는 150여 개의 도자기 가마와 250여 개의 도자기 가게가 남아 있다. 이 가게 중에는 13대, 14대에 걸쳐 이어져온 오래된 곳도 많다. 또 최근에는 젊은 작가들이 아리타의 전통을 계승하면서도 부분적으로 새로운 형태로의 변모를 꾀한 도자기들도 만들어내고 있다. 마을에는 이삼평의 도자기 가마 터가 아직 남아 있다.

김우진·윤심덕과 현해탄

'도쿄 유학'을 한 최고의 여성명사이자 미모의 성악가 윤심덕이 호남 대지주의 아들이자 천재적 극작가
요, 사상가였던 기혼자 김우진과 현해탄에 몸을 던진 사건은 식민지시대에 지진 같은 파문을 일으켰다.

김우진과 윤심덕의 정사情死는 단순히 남녀 간의 애정에 얽힌 사건이 아니었다. 그들은 다 함께 어떤 한
계상황에 직면해 있었다. 죽음은 그 한계상황의 마지막 출구였다. 개인의 미약하고 여린 힘으로는 돌파
할 수 없는 거대한 어둠의 벽이 그들 앞에 놓여 있었다.

그윽한 물빛 위
떠도는 〈사의 찬미〉

　7월의 '에게 해'를 본 적이 있는지? 햇빛은 눈부시고 물은 깊은 청남색이며 천지는 황혼에 둘러싸여 있다. 태양에 녹은 신비한 물색은 정령처럼 사람을 빨아들이려 한다. 바라보고 있노라면 삶과 죽음의 경계마저 흐려져버린다. 저렇게 깊고 푸른 물속에서라면 죽음마저도 아름다울 것 같다는 생각이 드는 것이다. 아무렇지도 않게 물속에 뛰어들어버릴 수 있을 것 같은 생각. 바다는…… 햇빛이 강렬하고 물색이 고울수록 조심할 일이다.

　오래전, 묵시록이 작성된 섬 파트모스로 가는 에게 해 한가운데서 생각했다. 김우진, 윤심덕, 빛나는 재능의 두 예술가를 하얀 거품으로 거두어 간 그 여름 현해탄의 물빛도 저렇게 깊고 시린 색이었을까.

　현해탄, 일본명 '겐카이나다'. 그 바다는 우리에게 애환의 이름이었다. 그리고 다분히 문학적인 이름이기도 했다. 한·일 양국 근대사의 애증이 유행가 가락처럼 이 현해탄 물결 속에 얽혀들기도 했다. 깊고 그윽하고 신비한, 그러나 물살이 급해 위험한 바다.

윤심덕
공작처럼
화려했던
그러나
고독했던.

여인과 공작
꿈과 현실과 이상 사이를 오간 윤심덕.

그리움
그녀의 사랑과 삶도 짧게 끝나버리고 그리움으로만 남아 있다.

김우진과 윤심덕, 두 예술가의 지상 마지막 행로가 된 '겐카이나다'로 가기 전 오사카의 간사이 공항에 내린다. 오사카는 윤심덕이 죽기 직전 〈사死의 찬미〉를 비롯, 스물여섯 곡의 노래를 녹음했던 곳. 지리적으로나 정서적으로 한국과는 가까운 도시이기도 하다.

바다를 매립해 지은 공항을 안개비가 자욱이 에워싸고 있다. 지나치게 깨끗해서 시멘트 건물임에도 계집아이의 살결처럼 투명하게 어른거릴 지경이다. 사설 철도를 타고 시내로 들어가는 동안 바다는 허리까지 출렁이며 따라온다. 이후 일본에서의 체류는 계속 '물과의 동행'이었다. 흐리다가 비 그리고 잠깐 햇빛, 다음에 다시 비, 흐림…… 그러고 보니 나는 수산(水山, 김우진의 아호 중 하나)과 수선(水仙, 윤심덕의 아호), 똑같이 물의 호를 지녔고 함께 짧은 생애를 물위에서 접었던 두 예술가의 최후 행적을 좇고 있는 길이 아니던가.

내가 처음 두 사람에 대해 들은 것은 바로 이 오사카까지 유학을 왔지만 평생을 방랑으로 보낸 한 좌절한 인척 지식인을 통해서였다.

러시아로 도쿄로 휩쓸고 다니다가 "광막한 황야를 달리는 인생아……" 하며 얼큰히 취해 돌아올 때마다 그이의 옷자락에서는 바람 냄새가 났다.

그이는 유달산 아래 아흔아홉 칸 대부호 김장성(우진의 부친 초정 김성규가 장성군수를 지냈다고 해서 그렇게 불렀다) 집안의 얘기를 자주 했다. 김성규 아래서 일을 보던 아버지의 손을 잡고 들어갔다가 그만 그 경복궁만한 집에서 입구를 못 찾아 헤맨 이야기며, 유학생들 사이에 신화적 존재였다는 그 집 아들 우진의 천재성, 그리고 윤심덕이 참가한 북교동 집 뒷마당의 가족음악회와 죽음을 선택한 두 사람의 운명에 이르기까지 옛날 일들을 실제로 본 것처럼 들려주곤 했다. "예술가다운 최후였

김우진

갓 서른의 나이로 현해탄에 몸을 던지기까지 방대한 문필 활동을 펼쳤던 불세출의 천재. 그러나 울에 갇힌 준마처럼 척박한 시대의 희생자였다.

다…… 너두 요담에 연애나 예술을 하려면 그 정도는 해야 한다"면서.

김우진과 윤심덕, 이 두 사람은 수많은 사람들에게 비련의 주인공으로 회자돼왔지만, 이 나라 근대 예술의 여명기에 문학과 음악에서 얼마나 빛나는 존재들이었으며 자신들의 시대를 얼마나 치열하게 고뇌하며 살다 간 선각자들이었는지는 아직도 상당 부분 가려져 있다. 하긴 '도쿄 유학'을 한 최고의 여성 명사이자 미모의 성악가가 호남 대지주의 아들이자 천재적 극작가요, 사상가였던 기혼자와 현해탄에 몸을 던진 사건은 식민지 시대에 지진 같은 파문을 일으킨 것이 사실이다. 실제로 이 사건 뒤 조선 청년들 사이에서 자살 사건이 잇따라, 그 충격이 『젊은 베르테르의 슬픔』이 독일에 던진 파문 이상이었다는 기록마저 보일 정도였으니까.

1920년대와 1930년대는 우리 예술가들이 봉건의 미망에서 탈출하는 시기이자 '근대'라는 쏟아지는 햇빛 속에서 방향을 잃고 비틀거린 시기이기도 했다. 특히 이 시절 일본 유학파들은 대부분 조국의 현실과 일본을 통한 서구 체험 사이에서 갈등하고 방황해야 했다.

그들이 체험한 새로운 문명의 흐름은 눈부신 것이었지만 어둠에 짓눌려 있는 조국의 현실에서 눈을 돌릴 수도 없었다. 게다가 나라를 빼앗아간 일본이라는 적국에 가서 새로운 문화를 받아들이고 공부할 수밖에 없는 현실은 그들의 양심에 상처를 주었다.

허다한 유학생들이 조국으로 돌아와 좌절하고 황폐하게 되었던 것도 그런 시대배경 때문이었다. 김우진과 윤심덕의 정사情死 역시 그런 맥락에서 이해해야 할 것 같다. 그것은 단순히 남녀 간의 애정만 얽힌 사건은 아니었다. 그들은 다 함께 어떤 한계상황에 직면해 있었다. 죽음은 그 한계상황의 마지막 출구였다. 개인의 미약하고 여린 힘으로는 돌파할 수 없는 거대한 어둠의 벽이 그들 앞에 놓여 있었다. 그들을 죽음으로 내몬 시대의 원죄가 분명히 있었던 것이다. 두 사람에게 함부로 돌팔매질을 할 수 없는 이유가 여기에 있다.

윤심덕은 1926년 7월 20일경, 이곳 오사카에 도착해 닛토 레코드사에서의 음반 녹음을 끝으로 운명의 시모노세키로 향한 것으로 되어 있다. 어렴풋이 자신의 최후를 예감했을까? 경성역으로 배웅 나온 지인이 녹음 잘하고, 올 때는 고급 넥타이나 하나 사오라고 하자, "죽어도 사와요?"라며 웃더라는 것. 죽으려거든 넥타이나 사서 부치고 죽으라고 농담을 했는데 실제로 윤심덕은 오지 않고 넥타이만 배달됐다는 것이다.

윤심덕이 오사카로 떠나기 얼마 전, 김우진 또한 우연히 목포의 집을 나와 도쿄로 간다. 도쿄 유학에서 돌아왔지만 그에게는 몸을 던져 예술의 투혼을 발휘할 진정한 조국이 없었다. 문필가였던 그에게 주어진 것은 부친이 만든 상성합명회사 사장 자리뿐.

그는 목포시 북교동 46번지 고택의 이 층 양옥 자신의 서재에서 자폐아처럼 집필과 독서와 통음痛飮의 시간으로 밤을 보내곤 했다. 잠시 다녀오겠다며 목포 집을 떠날 때 그는 어린 아들을 안고 유난히 서러워해 착한 아내를 울렸다 한다.

머물고 있는 호텔로 아침에 전화가 왔다. 부탁하신 오사카에서의 윤심덕에 관한 자료는 도저히 찾을 수가 없어 미안하다는 한 지인의 전언. "조금 더 시간을 주신다면……" 하며 말끝을 흐리는 지인을 뒤로하고 곧바로 신오사카 역으로 나갔다. 비는 여전했다.

스시 도시락 하나를 사 들고 여덟시 이십분에 출발하는 하카다행 신칸센 노조미에 올랐다. 다음날 오후 늦게 시모노세키 항에 닿았을 때는 비가 그쳐 있었다. 작고 오래된 항구는 강의 포구처럼 평화로웠다.

> 무지개를 풀어줘요, 목이 아파요
> 화관을 벗겨줘요, 머리가 쑤셔요
> 가시를 빼주세요, 피가 나잖아요

언제가 본 여성 예술가의 생애를 다룬 한 번역극에서 여주인공은 이렇게 절규했다. 역사적 배경은 다르지만 닫힌 사회, 암울한 시대의 막다른 길에서 날개 잘린 새처럼 퍼덕이며 윤심덕도 그렇게 절규했을 것이다.

"시모노세키는 '과거 속의 항구'입니다."

하카다로부터 승용차로 나를 데려다주며 아다치 씨는 말했다. 과연 그러했다. 1930년대의 분위기가 그대로 느껴졌다.

쇼와 시대부터 있었다는 닛쓰소코日通倉庫나 덴만소코天滿倉庫 같은 건물들이 물위에 그대로 떠 있는데다 조호마루長寶丸 같은 배도 보였다. '부관釜關 페리'는 강 같은 항구에 어울리지 않는 큰 몸체로 정박해 있다. 전체적으로 항구는 옛 흑백영화 속 풍경처럼 가라앉아 있었다. 더군다나 병적으로 깨끗하고 세련된 일본의 여느 도시와는 사뭇 다르게 텁텁한 분위기였다.

한글 안내판을 따라 올라간 여객 터미널 이 층은 한국인 일색이다. "물건을 해가느라고" 매주 현해탄 오가기를 스무 해 넘게 해왔다는 할머니에게 김우진, 윤심덕의 현해탄 사건을 아느냐고 물었다. 고개를 끄덕이더니 피우던 담배를 비벼 끄며 난데없이 "좌익에 계시우?" 하며 목소리를 낮춰 묻는다. 어리둥절해하는 내게 세월의 풍상이 지나간 얼굴이 다시 묻는다. "조총련이시냐구."

그러고 보니 이 부두의 여객 터미널은 한때 남과 북의 사람들이 은밀한 만남의 장소로 사용했을 법도 싶은 분위기가 있었다. 게다가 국제 여객 터미널이라고 부르기에 무색할 정도로 한국인, 그것도 장사하는 사람 일색이었다. 나는 미소 지으며 고개를 저었고 노인은 심드렁하게 말했다.

"웬 윤심덕, 김우진이야. 그 사람들 언제적 사람들이라고."

아다치 씨와 작별하고 배에 올라 바라보니 물은 놀랍도록 맑다. 한때는 호화 여객선으로 이름을 날렸을 이 배는 항구처럼 늙어 있었다. 어느 정도 사람들이 타고 나자 배는 녹음으로 덮인 섬 사이를 부드럽게 돌아 물 위를 미끄러져간다. 어둠이 내리면서 창밖으로 빠르게 비켜가는 섬들이 보인다. 간혹 희미한 불빛을 단 배들도.

밤이 깊어 갑판으로 나가니 물결 위의 교교한 달빛이 적막을 더한다. 흑백사진으로 본 김우진의 이지적인 얼굴과 윤심덕의 우수에 찬 큰 눈망울이 겹치면서 환청처럼 〈사의 찬미〉가 가득 들려오는 것 같다. 두 사람은 정말 사랑했던 것일까. 정말 이 바다에서의 정사를 오래전부터 꿈꾸었던 것일까. 막다른 길에 몰려 어쩔 수 없이 죽음을 택한 것은 아닐까. 상념은 헝클어진 채 머릿속에 가득하다.

김우진을 생각하면 일본 작가 다자이 오사무가 떠오른다. 비슷한 시대에 명망가의 아들로 태어나 삼십 대에 사랑하는 여인과 물위에서 생애를 마친 두 사람. 다자이 오사무의 『사양斜陽』을 읽고 난 후 한없이 그에게 빠져들어갔던 문학청년 시절이 내게도 있다. 수려한 외모와 천재성 그리고 시대와 불화한 것까지 어쩌면 두 사람의 행로는 그렇게도 같을 수 있었을까.

팔십여 년 전 그 여름의 관부연락선도 이렇게 빠르게 밤바다를 항해해갔을 것이다. 어쩌면 하늘의 저 영롱한 별들도 그대로였을 터. 그러나 조국은 두 사람에게는 가까워질수록 절망의 땅이었다. 그날 배가 쓰시마 섬을 지나던 새벽 네시 가까운 시각, 어둠 속에서 무엇인가 뚝 끊어지는 소리가 들렸다. 여객선의 흐린 유리창에는 불도 꺼진 시각이었다. 하루 중 물의 온도가 가장 차갑게 내려간다는 그 시각, 누가 보았을까? 밤바다를 휘익 가로질러가는 영혼의 새 두 마리를.

두 사람의 영혼은 그날 밤 이승의 인연을 끊고 바다 저편으로 사라져간다. 그물에 걸리지 않는 바람과도 같이. 아니다, 어쩌면 그들의 한 맺힌 영혼은 아직도 이 바다를 떠나지 못하고 떠도는 것인지도 모른다.

일어나 헤어지세
바람인 양 우리 바다로 가세
휘날리는 모래와 거품
이 세상 눈물처럼 매워라……

어떤 기록은 투신 직전 김우진이 조용히 스윈번의 〈이별〉이라는 시를 되뇌었고, 윤심덕은 흐느끼며 나직이 자신의 마지막 취입곡 〈사의 찬미〉를 불렀다고도 전한다.

선구적인 신여성 예술가들에게 가혹하던 시대, 예술적 고뇌에 앞서 세상과 싸워야 했던 시절이었다. 통념과 인습의 벽 앞에 힘겨운 저항의 날갯짓을 하다가 때로는 무자비한 여론의 칼에 난자당하기도 했다. 김명순이 그러했고 나혜석이 그러했다. 세상은 그네들을 잠시 선망하고 오래 질시했다. 그 목에 걸어준 무지개는 밧줄이 되고 가시가 되어 옥

죄어들었다. 윤심덕도 예외는 아니었다.

현해탄 사건 이후 〈사의 찬미〉는 무려 십만 장이 팔린다. 당시로서는 실로 경이로운 판매 기록이었다. 물론 일본에서도 엄청난 양이 팔렸다. 일찍이 도쿄 우에노 음악학교를 우등으로 졸업하고 제국극장 전속가수 권유를 받을 정도였던 윤심덕은 제대로 된 시대를 만났다면, 그리고 그녀의 꿈이었던 이탈리아행이 실현되었다면 마리아 칼라스 같은 세계적 성악가가 될 수도 있었을 것이다.

사실 조국에서 거둔 짧은 성공 뒤 그녀는 남모를 고독과 실의의 길을 서성대야 했다. 무엇보다 고통스러웠던 것은 성악가인 그녀에게 변변한 무대가 없었다는 점. 게다가 혼기 지난 그녀를 두고 염문은 꼬리를 물었으며 경제적 곤란 또한 만만치 않았다. 절망적인 나날 속에서 그녀는 생의 마지막 승부를 우진과 나눈 사랑에 걸었던 것이다. 예술가가 어떤 시대, 어떤 조국을 만나 태어나고 활동하느냐는 개인적 재능 이상으로 중요하다. 개인의 역량은 나라의 힘으로 뒷받침되었을 때 빛을 발하는 것이다. 그런 점에서 윤심덕은 불행했다. 김우진 역시.

일본에서 돌아온 나는 목포로 김우진의 옛집을 찾아갔다. 옛날 윤심덕이 그러했던 것처럼 밤기차에 흔들리며. 그러나 광대한 대지 위에 안채와 별채, 한옥과 양관을 거느려 아예 하나의 동네를 이루었다던 북교동 옛집은 이제 흔적도 없다. 한말 최고의 초상화가 채용신이 그린 우진의 부친 김성규의 초상화도 물론 없었다. 사대부이자 사상가였던 김성규와 우진 그리고 명문대 교수를 지낸 그의 아들 삼대는 아직도 목포에서는 전설적 이름이건만……

윤심덕이 가족음악회 때 노래를 불렀다던 정원엔 성당이 자리하고 있었다. 그나마 옛 한식 담장의 일부가 남아 있어 김우진가의 성세와 조락을 함께 보여주고 있을 뿐. 그 담장 안을 들여다본다. 어디쯤이었을까? 목포 앞바다가 회부옇게 열릴 때까지 불면의 밤을 보내곤 했다는 우진의 서재 '백수재'는. 담장 안 수녀원 쪽에서 성가 합창이 들려온다. 노래 끝에 까르르 웃는 소리도. 가을햇빛은 자글자글 끓고 있다.

사람은 가고 풍경마저 허물어져 있었다.

조선 최초의 소프라노 윤심덕　　우리나라 최초의 소프라노 성악가인 윤심덕(尹心悳, 1897~1926)은 평양 순영리에서 태어났다. 부유한 편은 아니었지만, 미국인 여의사 홀 부인이 운영하던 광혜원에서 일하며 일찍이 개화한 어머니의 교육열 덕으로 윤심덕도 당시 여성으로서는 드물게 신학문의 세례를 받았다. 진남포 보통학교 3년을 마치고 평양 숭의여학교를 거쳐 경기여고의 전신인 경성여고보 사범과를 졸업했다. 잠시 강원도 원주공립보통학교 교사로 근무하다가 홀 부인의 주선으로 조선총독부 관비유학생이 되어 일본 도쿄 음악학교에 입학했다.

　그녀가 유학중이던 시기는 3·1운동 직후로 조선 유학생들도 국권회복운동에 열을 올리던 시기였다. 1921년에 극예술협회가 주축이 된 동우회의 국내 순회공연 역시 그 일환이었다. 윤심덕은 당시 유학생이었던 홍난파와 함께 이 공연에 찬조출연을 하게 된다. 이 무렵 극예술협회를 이끌던 와세다 대학 영문과 학생 김우진을 만난다.

　도쿄에서 성악을 공부하고 조선 최초의 소프라노가 되어 돌아온 윤심덕은 이후 경성사범부속학교 음악교사로 근무하는 중에도 각종 음악회 무대에 끊임없이 초대를 받으며 성악가로서의 명성을 널리 떨쳐나갔다. 하지만 동생 두 명의 학비를 포함해 온 가족을 부양해야 했던 그녀는 항상 생활고에 시달렸고, 그런 사정 때문에 어느 부호와의 스캔들에 휘말리는 등 마음고생을 겪기도 했다. 이 슬럼프의 시기에 잠시 토월회 배우로 활약하기도 했으나 대중들의 평이 별로 좋지 않자 다시 가수로 전향했고, 레코드도 녹음했다.

그러던 1926년 김우진이 먼저 일본에 가자 그녀 역시 녹음을 위해 오사카에 있는 닛토 레코드사로 향한다. 이바노비치의 왈츠곡 〈도나우 강의 잔물결〉부터 그녀와 김우진이 같이 가사를 붙였다고 전하는 마지막 노래 〈사의 찬미〉까지 총 스물일곱 곡을 이때 녹음했다. 귀국하는 길에 애인 김우진과 함께 현해탄에 투신했다.

1920년대 표현주의 극작가 김우진   김우진(金祐鎭, 1897~1926)은 목포의 거부요, 개화사상가이자 목포 개항 당시 무안 감리를 지낸 김성규의 장남으로 태어났다. 목포 공립보통학교(지금의 북교초등학교)를 졸업한 후 1915년 부친의 권유로 집안의 토지 관리를 위한 공부를 하기 위해 일본 구마모토 농업학교로 유학을 떠났다. 그러나 그후 와세다 대학 영문과로 옮겨 1924년에 학업을 마쳤다.

그는 농업학교 시절부터 시 창작에 심취했고 와세다 대학 시절부터는 연극에 흥미를 느끼게 되었다. 1920년 무렵 조명희, 홍해성, 조춘광 등 다른 도쿄 유학생들과 함께 연극 연구단체 극예술협회를 조직했다. 1921년에는 이들과 함께 동우회 순회연극단을 조직해 국내 순회공연을 했는데 그가 직접 이 공연의 연출을 담당했음은 물론, 재정 일체를 부담하기도 했다.

대학을 졸업하고 고향 목포로 귀향한 김우진은 가업을 이으라는 아버지의 권유에 따라 일종의 종합상사에 해당하는 상성합명회사의 사장에 취임했다. 그러나 그는 회사 경영 대신 문학 창작에 몰두해 이 시기에 시와 희곡을 비롯하여 소설과 평론 등 많은 작품을 남겼다. 그의 작품 중 특히 그가 유학 시절 번역한 아일랜드 출신 작가 던세이니의 희곡 『찬란한 문』, 그의 희곡 『난파』 『산돼지』 『이영녀』 등은 현재까지도 우리나라 문학사에서 중요한 위치를 차지하는 작품들로 평가받고 있다.

아사카와 다쿠미와 망우리

육신은 민족에 갇혀 있을지라도 영혼은 이를 초월하는 것. 한복에 흰 고무신 차림으로 다녔으며 조선의 자기와 소반을 몹시 사랑했다는 한 일본인을 떠올리며 나는 그런 생각을 거둘 수 없었다. 아사카와 다쿠미, 그이와 나 사이에 현해탄은 없다. 그이는 내게 와서 흙이 되고 나는 그이에게 흘러가는 물이 된다. 이 너그러운 상생의 정신이야말로 조선의 미술이 한사코 가고자 했던 길이 아니었나. 그이의 묘지 앞에서 나는 혈육과 같은 따스함을 느낀다.

한국인 예술혼으로
살다 간 일본인

　꿈에서라도 조선인이 되고 싶었던 일본인. 그래서 끝내 돌아가지 않고 이 땅에 묻힌 사람. 죽어서 비로소 조선인의 꿈을 이룬, 이제 그 살과 뼈는 썩어 한줌 흙이 된 사람. 평생의 화두가 조선의 아름다움이었던 사람. 망우산 묘지번호 203363. 그 이름 아사카와 다쿠미.

　서울의 망우리 공동묘지. 지금 그곳은 밝은 해 아래 붉은 꽃무더기로 어지럽다. 그곳은 이제는 어둡고 춥고 쓸쓸한 서울의 가장자리가 아니다. 가난하고 이름 없는 이들의 한 많은 삶이 누워 있는 곳만은 아니다. 그렇게만 알고 있다면 우리는 망우리 묘원에 대해 크게 잘못 알고 있는 것이다. 그곳에는 만해 한용운과 소파 방정환, 위창 오세창과 박인환 그리고 문일평, 조봉암, 장덕수 등 빛나는 별과도 같은 민족 지성들이 잠들어 있다.

　풍수로 보아서도 태조 이성계가 선왕들의 능지로 정했다가 자신의 묏자리로 바꾸려 했을 정도로 성문 밖 최고의 명당이다. 쏴아 물소리를 내는 그곳 솔밭에 앉아 온화하게 흐르는 한강을 내려다보라. 과연 이승

의 온갖 시름마저 잊게 될 만한 곳이라는 걸 알게 될 것이다. 민족의 얼
이 서린 이 역사의 현장에는 목숨 바쳐 일제에 저항했던 애국지사들의
묘소 말고도 이름도 없이 죽어간 13도의 '항일의병 창의문탑'이 서 있
다. 바로 그곳에, 애국자들의 묘소와 나란히 한 일본인이 잠들어 있는
것이다.

아사카와 다쿠미, 그는 일제의 한반도 강점기에 조선에 건너와 총독
부 산림과와 임업시험장에서 근무하던 평범한 일본인이다. 문학과 미
술과 음악을 사랑했고 인문적 교양이 높았다는 점이 조금 남달랐을 뿐
인. 그런데 식목일 행사를 준비하다 급성폐렴으로 마흔의 나이에 죽은
이 일본인의 장례에 조선인들이 모여들어 청량리 일대의 길이 막힐 정
도가 된다.

이 젊은 일본인을 떠나보내면서 수많은 조선인이 슬피 울었고 서로
상여를 나누어 메려 달려들었다. 유해는 본인의 유언에 따라 조선식으
로 조선인에 의해 조선인 묘지에 안치됐다. 살면서 조선인이 될 수 없
는 것이라면 죽어서 흙이나마 조선의 흙이 되고자 했던 것이다.

유명한 정치인도, 종교인도, 예술가도 아닌 평범한 일본인의 죽음에
그처럼 수많은 조선인이 애도한 것도 그가 몸은 일본인이었지만 혼만
은 철저한 조선인으로 살다 갔기 때문이었을 것이다. 조선인이 일본인
되기를 강요받던 시절에 일본인이었던 그는 조선인이 되려 했다. 한복
에 흰 고무신 차림으로 거리를 돌아다녔고 한옥에서 조선의 자기는 물
론 나무와 돌로 만들어진 모든 것과 더불어 살았다. 헐벗은 조선의 산
에 열심히 나무를 심었고 새로운 품종을 개발했다.

조선의 어린아이들을 사랑했고 조선의 도자기와 옹기와 소반을 사랑
했다. 사랑하여 글로 남기고 책으로 썼고 미술관을 건립했다. 이 점에

서 그는 위대한 소시민이었다. 처음 아사카와 다쿠미가 조선의 민예물과 미술품에 관심을 두게 된 것은 그의 형 아사카와 노리다카의 영향이었다. 노리다카는 어느 날 경성의 고물상 앞을 지나다가 우연히 달처럼 떠오른 백자 항아리를 보고 나서 그 둥그런 형태와 음영이 있는 신비한 흰색에 그만 마음을 뺏겨버리게 된다. 이후 그는 오랜 세월을 한국의 도자기에 취해 살게 되었고 절친한 친구였던 미학자 야나기 무네요시에게도 영향을 미치게 되었으며, 이 열정은 아우인 다쿠미에게도 전해졌던 것이다. 야나기는 어느 글에서인가 조선과 조선의 민예를 알게 되고 애정을 갖게 된 것은 아사카와 형제를 알게 되면서부터였다고 고백한 바 있다.

서슬 퍼런 일제강점기에 조선과 조선 문화를 그토록 사랑한다는 것은 불륜만큼이나 위험한 일이었다. 이 부분에서 우리는 또 한 사람의 선각자를 알고 있다. 야나기 무네요시. 그의 한국 미술사론을 두고 후세의 평가가 엇갈리기는 하지만 조선 문화예술의 빼어남을 일찍부터 알아본 그의 눈썰미만큼은 아무도 부인하지 못할 것이다. 잘 알려진 것처럼 그는 헐리게 될 광화문을 글 한 줄로 살려낸 일본의 지성이었다. 야나기는 우리나라 민간 그림에 최초로 민화라는 명칭을 달아주기도 한 사람이다. 아사카와 다쿠미는 형의 친구이기도 했던 이 야나기와 손잡고 경복궁 집경당에 '조선민족미술관'을 세운다. 1920년대에 '민족'이라는 이름을 걸고 조선의 미술관을 세운다는 것이 얼마나 어려운 일이었는지는 짐작하고도 남는다. 야나기는 자신의 글 곳곳에서 조선 미술의 아름다움에 눈뜨게 한 아사카와 형제에게 감사하는 마음을 남겼다. 특히 아사카와 다쿠미의 조선미에 대한 그 간절함을 수없이 칭송했다.

조선땅에 누운 아이
아사카와의 마음도 이와 같지는 않았을지……

한강이 내려다보이는 망우리 묘원
민족의 강 한강을 바라보는 망우산 묘원에는 수많은 민족 지도자들의 묘소가 있다. 아사카
와 다쿠미의 묘소는 이곳 동락천 가까이 있다.

아사카와 다쿠미는 '사용자 예술가'라는 개념으로 조선의 민예품들을 바라보았다. 즉 사용자가 사용하면서 세월의 때가 묻게 되면 더불어 예술성도 그 위에 쌓인다는 개념이었다. 그는 실용 속에 깃든 예술미를 알아보았으며 생활 속 도구에서 위대한 기운을 보았다. 일본 미술의 인위적인 조형미와 달리 실용성과 예술성이 하나로 만나는 생활예술품들에서 조선 미술의 특징을 발견했던 것이다. 특히 조선의 소반은 단순하고도 단정하며 사용자가 그것을 쓰면서 더욱 우아해지는 예술품이라고 말했다. 그는 우리가 미처 발견하지 못했던 우리 것의 아름다움을 발견하고 그것을 알리려 노력했다. 그는 조선의 아름다움을 예찬하며 그 아름다움을 파괴하고 방해한 일본을 부디 하나님께서 용서해주시기를 빈다는 기록을 남겼을 만큼 휴머니스트이기도 했다.

그는 조선의 문화를 말과 글로 예찬했을 뿐 아니라 정신과 삶으로도 예찬했다. 예찬하다 못해 조선인으로 살고 조선인으로 죽어 조선에 묻히기를 원했다. 그리고 1931년 4월 급성폐렴으로 마흔 살에 이 세상을 뜨면서까지 그의 바람은 한결같이 실천되고 지켜졌던 것이다.

아사카와 다쿠미의 묘소에서 나는 혈육과 같은 편안함을 느낀다. 그이와 나 사이에는 이미 현해탄이 없다. 그이는 내게 와서 흙이 되고 나는 그이에게 흘러가는 물이 된다. 이 차별 없음과 상생이야말로 조선의 미술이 한사코 가고자 했던 길이 아니었던가. 문득 어느 해 겨울 야나기가 교토에서 서울의 아사카와에게 띄운 편지가 떠오른다. 당시의 조선땅은 두 사람에게는 서로 은밀히 공유하는 비밀의 섬 같은 것이 아니었을까 싶다.

밖에는 싸락눈이 흩날리고 있는 교토의 저녁이네. 자네가 있는 경성 교외의 기온도 영하로 떨어졌을까. 지금쯤 온돌방에서 조선의 소반에 단란하게 둘러앉아 조선의 식기로 식사를 하고 있겠지. (…) 어떤 운명일까. 자네와 나는 한평생 조선과 떼려야 뗄 수 없는 인연으로 얽혀 사는 것 같군. (…) 우리 할 수 있는 한 힘껏 조선을 위한 일을 하도록 하세.

1929년 2월 12일 교토에서

야나기 무네요시

아 사 카 와 　 다 쿠 미 의 　 생 애 와 　 업 적　　아사카와 다쿠미(淺川巧, 1891~1931)는 1914년 조선에 건너와 조선총독부 산림과 임업시험장에서 일했던 산림 기수이자, 야나기 무네요시 등과 함께 조선민족미술관을 설립하고 그 책임 자를 역임하며『조선의 소반』『조선도자명고』등의 책을 쓴 조선 민예 연구가다.

1913년 조선에 들어와 서울 남산소학교의 교사로 일하는 한편 조선 도자기에 심취했던 아사카와 노리다카의 동생이었던 그는 형의 조선 도자기에 대한 남다 른 애착에 공감해 1914년에 조선에 들어왔다.

다쿠미는 일상생활에 이르기까지 모든 면에서 조선식이었다. 그가 제일 먼저 쓴 책이『조선의 소반』이었던 이유도 소반이 일상생활 속에서 쉽게 접할 수 있는 공예품이었기 때문이다.

그의 유작『조선도자명고』는 조선 그릇 본래의 올바른 이름과 쓰임새를 알고 이 를 통해 조선 민족의 생활과 그 시대의 분위기를 읽는다는 목표에 따라 십여 년에 걸쳐 끈질기게 조선시대 도자기를 수집·분류하고 관련 지식과 자료를 조사한 결 과물이다. 그는 조선 도자기의 특성으로 그 쓰임새가 두루 넓은 점을 꼽으면서 일 본에서는 깨지기 쉽다는 이유로 도자기를 많이 사용하지 않는데 조선인들은 이를 정성스레 다루면서 옛사람들의 미덕을 본받고 자기 수양을 이루었다고 주장하고 있다.

다쿠미는 24세가 되는 1914년 조선에 와서 41세가 되는 1931년 세상을 떠나기까지 17년을 조선에서 살았다. 그는 숱한 조선인들이 모여 노제까지 지내는 가운데 자신의 유언에 따라 끝까지 조선옷을 입은 채 조선인 공동묘지에 묻혔다. 1966년 그의 옛 동료들인 '한국 임업시험장 직원 일동'의 이름으로 망우리 공동묘지에 이장되었으며, 1984년에는 기념비가 세워지기도 했다.

그리고 1996년 그의 저서가 번역되어 출간되고 『아사카와 다쿠미 평전』이 출간되기도 하는 등, 현대에도 한국인들이 추모하는 드문 일본인으로 남게 되었다.

한일 교류의 장, 아사카와 형제 자료관 2001년 7월 18일, 일본 야마니시 현 호쿠토 시에 아사카와 형제의 자료관이 문을 열었다.

자료관에 들어가면 우선 형제의 사진과 간단한 소개문이 있다. 자료관 한쪽 귀퉁이에는 생전의 아사카와 다쿠미의 모습이 축소모형으로 전시돼 있는데, 임업시험장 기수로서 나무를 가꾸는 모습과 조선옷을 입고 책을 읽으며 가족과 함께 시간을 보내는 모습, 조선 그릇으로 식사하고 차를 마시는 모습 등을 볼 수 있다. 민예와 관련된 다쿠미의 저서들과 다쿠미가 손수 만든 그림엽서, 그가 사용했던 반닫이 장롱과 소반들도 함께 전시돼 있다.

다른 한쪽에는 그와 사귀었던 한국인 공예가들의 작품들이 있다. 그리고 생전에 조선에서 가마터 순례를 하는 형 노리타카의 모습도 그대로 재현해놓았다.

조선의 문화예술을 사랑한 일본인 야나기 무네요시 야나기 무네요시(柳宗悅, 1889~1961)는 일본의 민예연구가·수집가·미술평론가·종교철학자로 도쿄에서 태어났다. 미술사와 공예연구 및 민예연구가로 활약하면서 도쿄에 민예관을 설립해 공예지도에 힘을 쏟았다. 일제강점기 3·1운동을 탄압하는 조선총독부를 강하게 비판했으며 조선총독부를 건설할 당시 광화문 철거가 논의되었을 때 이에 적극적으로 반대하는 등 식민지 조선에 대한 애정이 남달랐으며 특히 조선의 민속예술에 대해 깊은 애정을 가지고 있었다. 야나기 무네요시는 스물한 차례나 조선을 답사하고, 수많은 조선 예술품을 수집했다. 특히 야나기가 사랑한 것은 일상에서 흔히 볼 수 있는 그림이나 도자기 같은 이른바 민예품이었다. '민화'라는 말을 처음 만들어낸 사람도 야나기였다. 1924년 조선미술관을 설립했고, 이조도자기전람회와 이조 미술전람회를 열기도 했다.

야나기 무네요시가 쓴 『조선과 그 예술』(1922) 『조선의 미술』(1922) 『지금도 계속되는 조선의 공예』(1930) 등은 그의 조선 미술에 대한 깊은 조예를 보여준다. 그 공로를 인정받아 1984년 9월 대한민국 정부로부터 보관문화훈장을 받기도 했다.

화첩기행 3
ⓒ 김병종

1판 1쇄 2014년 1월 17일
1판 3쇄 2022년 5월 25일

지은이 김병종
책임편집 임혜지 | 편집 이명애 박지영 | 모니터링 이희연 | 디자인 김이정 이주영
마케팅 정민호 이숙재 박치우 한민아 김혜연 이가을 박지영 안남영 김수현 정경주
브랜딩 함유지 함근아 김희숙 정승민 | 제작 강신은 김동욱 임현식 | 제작처 영신사

펴낸곳 (주)문학동네 | 펴낸이 김소영
출판등록 1993년 10월 22일 제2003-000045호
주소 10881 경기도 파주시 회동길 210
전자우편 editor@munhak.com | 대표전화 031) 955-8888 | 팩스 031) 955-8855
문의전화 031) 955-8895(마케팅), 031) 955-2697(편집)
문학동네카페 http://cafe.naver.com/mhdn
문학동네트위터 http://twitter.com/munhakdongne

ISBN 978-89-546-2369-8 04800
        978-89-546-2366-7 (세트)

www.munhak.com